# TIEMPO DEL AMOR

## LA MAGIA DEL AMOR LIBRO 3

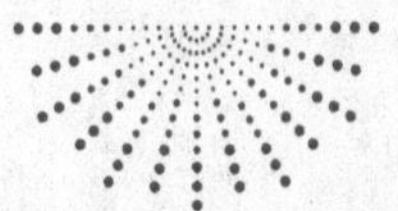

## BETTY MCLAIN

Traducido por
### SANTIAGO MACHAIN

*Este libro está dedicado a todos los que creen que el
amor trasciende el tiempo.*

# CAPÍTULO UNO

—Señorita, señorita ¿se encuentra bien? —el policía se inclinó hacia la joven.

Alguien había informado de que había visto un cuerpo bajo un arbusto en el parque. Cuando el oficial Michaels llegó al parque, oyó que el cuerpo emitía un gemido bajo. Se inclinó y tocó a la mujer en el hombro. La mujer volvió a gemir y se dio la vuelta.

Angélica parpadeó, mirando al agente, y luego a su alrededor. No sabía dónde estaba ni cómo había llegado allí.

El agente miró a la mujer. Tenía un gran chichón en la cabeza, y la cara y la cabeza estaban manchadas de sangre. Intentó levantarse y volvió a caer al suelo con otro gemido.

—No se mueva. Tiene un corte muy importante en la cabeza y parece que ha perdido mucha sangre —dijo mientras observaba la sangre en el suelo a su alrededor—. Hay una ambulancia en camino. Relájese hasta que llegue.

Se oyó la sirena de la ambulancia acercándose. Angélica cerró los ojos e hizo un gesto de dolor como si el ruido le doliera en la cabeza.

El oficial Michaels hizo un gesto a los paramédicos cuando se detuvieron.

—¿Qué tenemos aquí? —preguntó uno de los paramédicos.

—Parece un asalto —respondió el oficial.

Los paramédicos le tomaron la tensión y la miraron a los ojos. Luego, la pusieron en la camilla para trasladarla al hospital.

—¿Se va a poner bien? —preguntó el agente Michaels.

—Parece que puede tener una conmoción cerebral y pérdida de sangre. Creo que se pondrá bien. En el hospital podrán darte más información. ¿Quieres seguirnos? —respondió el paramédico.

—Sí, déjame avisar y voy detrás de ti.

Cada uno se dirigió a su vehículo y condujo hacia el hospital. Los paramédicos llamaron por adelantado al hospital, y había asistentes esperando en la puerta cuando llegaron. Llevaron la camilla a una sala donde trasladaron al paciente a la cama. Los paramédicos se marchaban cuando el Dr. Steel entró en la habitación.

—¿Qué tenemos aquí? —preguntó el Dr. Steel.

—La encontraron en el parque. El oficial dijo que era una posible víctima de asalto. Tiene una lesión en la cabeza y una posible conmoción cerebral —respondió uno de los paramédicos antes de marcharse.

El Dr. Steel se acercó a la paciente y le iluminó los ojos con su pequeña linterna. Ella hizo un gesto de dolor como si la luz le hiciera daño a los ojos. El doctor giró la luz hacia un lado y empezó a examinar la herida de la cabeza. "Limpie esto y póngale un vendaje líquido", le indicó a la enfermera.

—Sí, doctor —respondió la enfermera antes de empezar a trabajar en la limpieza de la herida de la cabeza.

—No creo que necesite puntos de sutura —reflexionó para sí mismo—. Definitivamente tiene una conmoción cerebral. Habrá que vigilarla y despertarla a menudo para revisarla. ¿Tenemos alguna identificación de ella?

—Según la licencia de conducir que tiene en el bolsillo, su nombre es Angélica Black —respondió la enfermera.

El Dr. Steel se detuvo y se quedó mirando al espacio durante un minuto. Sacudió la cabeza y volvió a mirar a la paciente. Tenía el aspecto de ser de ascendencia nativa americana, con el pelo negro y una forma de la cara que indicaba esos genes particulares que él conocía tan bien. En ese momento, Angélica abrió los ojos y miró fijamente al Dr. Steel.

—¿Quién eres tú? ¿Dónde estoy? —empezó a agitarse.

—Todo está bien —dijo el Dr. Steel con calma—. Está en el hospital. Tiene una lesión en la cabeza y una conmoción cerebral. Parece que ha tenido un accidente en el parque. ¿Puede decirme su nombre?

—Angélica Black —respondió ella.

—¿Recuerda haberse lesionado? —preguntó el Dr. Steel.

—Sí, estaba en el parque con un amigo. Quería que invirtiera en un negocio para él. Cuando le dije que tendría que comprobarlo primero, se enfadó y me empujó. Me caí y me golpeé la cabeza con el asiento al caer. No recuerdo con demasiada claridad lo que ocurrió después de la caída. Recuerdo vagamente que parecía asustado mientras salía corriendo. Conseguí levantarme, pero estaba desorientada y tropecé cuando estaba cerca de los arbustos, me caí de nuevo y me desmayé. No recuerdo nada más hasta que oí que el policía me llamaba.

—¿Cómo se llamaba tu amigo? —preguntó el doctor Steel.

—Alce Risueño —respondió Angélica.

El Dr. Steel levantó la vista, sorprendido. Conocía a Alce Risueño. No lo conocía muy bien, pero lo había visto por la reserva. Alce Risueño era unos veinte años mayor que él.

—¿Estás seguro de que era Alce Risueño? —preguntó.

Angélica parecía sorprendida.

—Sí, lo conozco de toda la vida. Sin duda era él.

El Dr. Steel miró el carnet de conducir de Angélica. Se quedó mirando su dirección.

—¿Aquí es donde vives, en el 2309 de Stone Hollow? Está dentro de la reserva.

—Sí, así es. Mi madre, Estrella Brillante, recibió el terreno de sus padres. Ella y mi padre decidieron construir su casa allí. Era un lugar muy feliz hasta que los mató un conductor borracho cuando estaban en el pueblo. Me dejaron el lugar a mí, junto con un fondo fiduciario creado por el padre de mi padre.

El Dr. Steel miró a Angélica con dureza.

—Conozco el lugar. También sé que ha estado abandonado durante los últimos veinte años, después de que la hija, Angélica, desapareciera. Es imposible que usted sea Angélica Black. Ella tendría ahora cuarenta y cinco años. Usted no puede tener más de veinticinco.

Angélica miró fijamente al Dr. Steel, sorprendida.

—¿Qué está diciendo? —susurró—. ¿Cuál es la fecha?

El Dr. Steel la miró inquisitivamente.

—¿Qué fecha crees que es?

—Cuando entré en el parque, era el 17 de mayo de 1995 —respondió ella.

—La fecha de hoy es el 18 de mayo de 2015.

Angélica le miró sorprendida.

—Eso no es posible.

Llamaron a la puerta y Luna Andante entró desde donde había estado de pie, escuchando en la puerta. Miró a Angélica y sonrió.

—Abuela, ¿qué haces aquí? —preguntó el doctor Acero.

—He venido a darle la bienvenida a casa a Pequeña Flor —respondió.

Angélica lanzó un grito de satisfacción al ver a alguien conocido.

—¿Paseo lunar? —su voz era ligeramente vacilante, pero emocionada. Conocía a esta mujer, pero era mucho mayor de lo que Angélica recordaba. Lo que dijo el doctor era cierto—. Me alegro de ver una cara amiga. ¿Cómo sabía que estaba aquí?

—Los espíritus me dijeron que viniera, que era el momento de tu regreso. Siempre supe que volverías. Estabas en el momento equivocado. El universo te ha puesto donde debes estar —se acercó a la cama e, inclinándose, le dio un fuerte abrazo a Angélica—. Bienvenida a casa, Pequeña Flor.

Angélica resopló las lágrimas.

—No me llaman Pequeña Flor desde que murió mi madre —dijo entre lágrimas.

—Hola —el oficial Michaels asomó la cabeza por la puerta. Entró en la habitación y se acercó a

Angélica—. He estado esperando para saber qué te ha pasado. ¿Puedes decirme cómo te has hecho daño?

Todavía en estado de shock, y con no poca incredulidad, ella tomó una rápida decisión y respondió.

—Todavía no tengo muy claro lo que ha pasado, agente —eso era decir poco—. Sé que estaba en el parque sentada en el banco. Me levanté para irme y de alguna manera se me torcieron los pies y tropecé con algo. Al caer, me golpeé la cabeza con el borde del banco. Creo que debo haberme desmayado durante unos minutos. Cuando me levanté, todavía estaba mareada y desorientada. Me tambaleé y debí de desmayarme de nuevo junto a los arbustos. No recuerdo nada más hasta que te oí llamarme, intentando despertarme. Quiero agradecerte mucho que me hayas ayudado. Le estoy muy agradecida —le lanzó una mirada al médico, pidiéndole en silencio que no contradijera su historia.

—Entonces, no hubo nadie más involucrado —sondeó el oficial Michaels.

—No, sólo mi torpeza —respondió Angélica.

—¿Podría darme su nombre y dirección para mi informe?

—Por supuesto. Me llamo Angélica Black y vivo en el 2309 de Stone Hollow.

El agente Michaels anotó los datos y se marchó.

Angélica vio que el Dr. Steel y Luna Andante la observaban en busca de una explicación, y suspiró.

—Fue un accidente y ocurrió hace mucho tiempo. Además, nadie fuera de la reserva me creería si les dijera toda la verdad, y la reserva siempre ha vigilado a los suyos —observó Angélica, respondiendo a su pregunta no formulada.

Luna Andante le sonrió y le dio una palmadita en el brazo.

—Sí, lo hacemos —dijo—. Alce Risueño irá ante los ancianos de la tribu para explicar por qué no intentó ayudarles. Puede que no haya querido hacerte daño, pero huir no es una reacción aceptable.

—No, no es aceptable. Podrías haber sido herida mucho más gravemente. La exposición no ayudó. El Alce Risueño tiene que dar algunas explicaciones —afirmó el Dr. Steel, enérgicamente.

—¿Cuándo podrá ir Pequeña Flor a casa? —preguntó Luna Andante.

—No hasta mañana. La voy a retener durante la noche para vigilar su conmoción cerebral. Además, hace mucho tiempo que nadie vive en su casa —observó el doctor Steel.

Luna Andante le sonrió a Pequeña Flor.

—Su casa está bien. Las señoras la han mantenido aireada y limpia. Algunos de los chicos han mantenido el trabajo del jardín hecho. Sabía que volverías y quería que te quedaras donde debes estar, con la gente de tu madre.

Angélica sintió que se le formaban lágrimas en los ojos. Parpadeó para contenerlas.

—Gracias —dijo simplemente.

—Vamos a trasladar a Angélica a una habitación, abuela. ¿Quieres darle las buenas noches y dejar que descanse? —preguntó el Dr. Steel.

—No, Lobo Corredor, la acompañaré a su habitación y me quedaré a dormir. No quiero que Pequeña Flor se despierte sola —dijo Luna Andante con voz firme. Todos sabían que cuando usaba su voz firme, no cedía.

El Dr. Steel cedió con elegancia. Permitió que

Luna Andante la siguiera mientras trasladaban a Angélica a una habitación y se instalaban para pasar la noche. Luna Andante se recostó y cerró los ojos para que Angélica pudiera dormirse sin sentirse culpable.

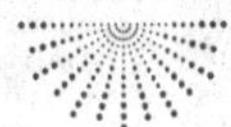

# CAPÍTULO DOS

El Dr. Steel dejó a Angélica para el final de su ronda de visitas al día siguiente. Cuando entró en su habitación, llevaba los papeles del alta. Encontró a Angélica y a Luna Andante hablando en voz baja. Ambas levantaron la vista con una sonrisa cuando él entró en la habitación.

—¿Están listas para salir de este establecimiento? —preguntó burlonamente.

—Sí, por favor —respondió Angélica.

—Tengo el papeleo aquí. En cuanto lo firmes, podremos irnos. La enfermera dijo que estabas muy bien.

Angélica firmó los papeles y se los devolvió al doctor Steel.

—Ahora, si Luna Andante te ayuda a vestirte, os llevaré a las dos a la reserva —el Dr. Steel miró a Luna Andante—. ¿Cómo has llegado hasta aquí desde la reserva?

Luna Andante lo miró sin comprender durante un minuto y, luego, sonrió.

—Me llevó el cartero.

El Dr. Steel negó con la cabeza. Sabía que el

cartero no debía dar paseos cuando entregaba el correo, pero nadie rechazaba a Luna Andante cuando le pedía un favor.

—De acuerdo, me reuniré con usted en el mostrador de la enfermera en cuanto esté lista. Se dio la vuelta y salió de la habitación.

Angélica no perdió tiempo en levantarse de la cama y buscar su ropa.

Luna Andante la detuvo con un toque en el brazo.

—No, esa ropa está rota y sucia. Te he traído ropa limpia. Abrió la bolsa que llevaba consigo y sacó uno de los vestidos de Angélica y algo de ropa interior.

Angélica jadeó.

—¿Cómo sabías que iba a necesitar esto? No importa, es una pregunta estúpida. Gracias, Luna Andante, no tenía ganas de ponerme esa ropa vieja — se vistió rápidamente y salieron a buscar al Dr. Steel.

El doctor Steel los estaba esperando y, cuando las vio llegar, salió a su encuentro con una silla de ruedas.

Angélica frunció el ceño al ver la silla.

—No necesito ir en una silla de ruedas. Puedo caminar.

—Las normas del hospital, todos los que son dados de alta tienen que salir en silla de ruedas. Vamos. No te dolerá nada. Pronto te tendremos fuera en mi automóvil —declaró el Dr. Steel alegremente.

Angélica se sentó de mala gana en la silla y se dejó empujar hasta el coche.

El Dr. Steel le había pedido a uno de los internos que trasladara su vehículo a la salida, de modo que les esperaba fuera cuando salieron por la puerta. Cuando estuvieron en el coche y de camino a la reserva, el Dr. Steel miró a Angélica. La había abrochado en el asiento delantero y Luna Andante estaba en el asiento trasero.

—Me llamo Alex —le dijo a Angélica.

Angélica sonrió.

—Encantada de conocerte, Alex. El Dr. Steel sí que es un trabalenguas cuando no paras de decirlo.

—También lo es Lobo Corredor —respondió Alex.

—Me gusta Lobo Corredor —dijo Angélica.

—Es un buen nombre. Lo elegí por tu madre —respondió Luna Andante, desde el asiento trasero.

—Sí, abuela, es un buen nombre. Gracias por elegirlo para mí.

Luna Andante gruñó de satisfacción.

No tardaron en llegar a la entrada de la casa de Angélica. Alex abrió la puerta trasera a Luna Andante y se apresuró a rodear el coche para ayudar a Angélica. Angélica se había quitado el cinturón de seguridad y estaba abriendo la puerta cuando él llegó. Alex le tomó la mano y la ayudó a salir del coche.

Angélica se quedó mirando su casa antes de empezar a dirigirse a la puerta principal. No dijo nada hasta que llegó a la puerta.

—Supongo que tengo una llave por aquí —dijo, buscando en su bolso.

—No necesitas una llave —dijo Luna Andante—. No está cerrada con llave.

Angélica pareció sorprendida.

—¿Por qué no? —preguntó.

—Era más fácil para que las señoras pudieran entrar y mantener las cosas limpias y frescas. Nadie se atrevería a entrar en una casa que está bajo mi protección —declaró Luna Andante.

—No, no se atreverían —convino Alex mientras rodeaba a Angélica y empujaba la puerta para abrirla.

Angélica se quedó justo dentro y miró a su alrededor, con los ojos muy abiertos.

—Parece que acabo de salir hace unos minutos —jadeó Angélica.

—Les dije a todos que volverías y que tuvieran todo preparado para ti —dijo Luna Andante.

Angélica soltó un par de lágrimas. Luego, se volvió hacia Luna Andante y le dio un abrazo.

—Muchas gracias —dijo—. Tenía miedo de volver aquí después de descubrir que había estado fuera durante veinte años. Tenía miedo de que se derrumbara a mi alrededor. Esto es fantástico.

—Te dejaré para que te instales —dijo Luna Andante—. Necesito comprobar cómo van las cosas en el pueblo.

—Dame sólo un minuto y te llevaré —dijo Alex.

Luna Andante lo miró con severidad.

—No necesito que me lleven. Estos dos pies me han llevado a donde necesito ir durante mucho tiempo. Y seguirán haciéndolo.

Alex levantó las manos. "Lo siento, no quise decir nada al ofrecerme a llevarte. Sólo intentaba ser útil.

La expresión de Luna Andante se suavizó.

—Lo sé —dijo, sonriendo—. ¿Por qué no te quedas y ayudas a Pequeña Flor a instalarse? Hazme saber si necesita algo. Tengo que organizar una reunión de los ancianos de la tribu para Alce Risueño. Les avisaré a los dos cuando sea, para que puedan asistir.

La expresión de Alex se endureció.

—Bien, tengo unas palabras que necesito transmitirle.

Después de ver a Luna salir, Alex se volvió hacia Angélica.

—¿Hay algo en lo que necesites ayuda? —

preguntó.

Angélica negó con la cabeza mientras miraba lentamente a su alrededor.

—No puedo creer lo bien cuidado que está todo.

Se dio la vuelta y se dirigió a la cocina. Alex la siguió. Angélica se acercó y abrió la nevera. Las lágrimas volvieron a aflorar a sus ojos. Parpadeó rápidamente para evitar que cayeran.

—¿Qué sucede? —preguntó Alex.

—La nevera está llena de comida —olfateó Angélica.

Alex sonrió.

—¿De verdad creías que a Luna Andante se le escaparía un detalle como tener la nevera bien surtida? Esa sería una de las cosas que ella se encargaría de cuidar. Si hay algo más que necesites, dímelo y me aseguraré de que lo tengas. No quiero que vayas a la tienda ni a ningún otro sitio durante un par de días. Las cosas han cambiado bastante. Me imagino que te costará acostumbrarte. Mañana vendré a ver cómo estás —Alex sacó una tarjeta del bolsillo y se la entregó a Angélica—. En ella figura mi número de teléfono móvil. Puedes localizarme en él en cualquier momento. Ahora, quiero que te metas en la cama y descanses por hoy. Esperaré hasta que te hayas metido en la cama, y luego me iré —levantó la mano cuando Angélica empezó a protestar—. Órdenes del médico —dijo.

Angélica suspiró y se giró para hacer lo que él le había ordenado. Volvió a mirar a Alex.

—Me voy bajo protesta —dijo, sonriéndole—. Gracias, Alex, por cuidar de mí.

—De nada —dijo Alex devolviendo la sonrisa.

Angélica se dio la vuelta y entró en su dormitorio.

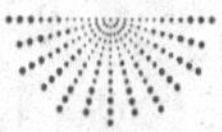

# CAPÍTULO TRES

A la mañana siguiente, Angélica se despertó mucho mejor, pero todavía estaba un poco rígida. Después de darse una buena ducha caliente, se dirigió a la cocina para buscar algo de comer. No vio nada que le apeteciera, así que decidió preparar unas tortitas. Había reunido un bol y los ingredientes para hacer las tortitas en la mesa cuando llamaron a la puerta. Angélica dejó la cuchara que tenía en la mano y fue a abrir la puerta. Abrió la puerta y sonrió. ampliamente a Luna Andante. "Hola, Luna Andante. ¿Cómo estás en este hermoso día?"

—Estoy bien —dijo Luna Andante, y siguió a Angélica hacia la cocina.

—Me estoy preparando unas tortitas. ¿Quieres acompañarme? —preguntó Angélica.

—Estaría muy bien. Me he pasado por aquí para hablarte de la reunión de los ancianos de la tribu. Será mañana por la noche.

—Se están moviendo rápido —dijo Angélica, sorprendida.

—Sí, les dije que quería que el asunto se resolviera rápidamente —respondió Luna Andante—. Tú y

Lobo Corredor seréis llamados para responder a las preguntas.

Angélica palideció.

—No quiero causar ningún problema.

—No causarás problemas. Sólo dirás la verdad.

—¿Tiene Alce Risueño familia? —preguntó Angélica.

—Sí, tiene un hijo y una hija. Su mujer murió hace cinco años. Su hija vive con su hermana. Su hijo tiene diecinueve años. Está en su primer año de universidad.

Angélica lo pensó todo y siguió haciendo sus tortitas. No quería perturbar la vida de Alce Risueño. No quería hacerle daño. Es cierto que podría haber buscado ayuda para ella, pero era joven y estaba asustado, y tal vez había intentado buscar ayuda, pero ella ya no estaba cuando él regresó. No tenía forma de saberlo.

Angélica terminó sus tortitas y las colocó en los platos. Puso el sirope y la mantequilla en la mesa junto con dos tazas de café, colocó el tazón de azúcar y la cremera en la mesa y se giró para tomar los platos de las tortitas, sólo para encontrarse con que Luna Andante ya los estaba colocando en la mesa.

—Vamos a comer —le dijo, sonriendo, a Luna Andante.

Se sentaron e inclinaron la cabeza para hacer una breve oración.

—Están muy buenas —dijo Luna Andante después de saborear el primer bocado.

—Gracias —dijo Angélica—. Era una de las comidas favoritas de mi madre para hacer. Me enseñó a hacerlas cuando tenía seis años. Siempre disfrutamos haciéndolas juntas.

Cuando terminaron de comer y de recoger la mesa, Luna Andante se preparó para irse.

—Lobo Corredor vendrá y te llevará a la reunión de los ancianos de la tribu. No te preocupes. No serán demasiado duros con Alce Risueño. Todo saldrá bien —le dio una palmadita a Angélica en el brazo y se fue.

Angélica se paseó por los alrededores y miró las cosas. Tomó la foto de su madre y su padre. Parpadeó para no llorar mientras los miraba. Parecían tan felices. Ese conductor borracho se llevó a una familia feliz y la destrozó. Angélica devolvió la foto a la estantería con un suspiro. Decidió ver qué tenía que ponerse para la reunión con los ancianos de la tribu. Buscó algo cómodo, pero con clase.

Angélica encontró un vestido color canela con diseños trabajados alrededor con cuentas. También encontró sus mocasines y se los probó. Le quedaban perfectos. Los cordones rodeaban sus piernas y se ataban por delante. Angélica admiró su aspecto antes de quitárselos y ponerlos junto a su otra ropa para el día siguiente.

Al día siguiente, Angélica se apresuró a abrir la puerta. Ya llevaba puesto su vestido color canela y sus mocasines.

—Hola, Alex —saludó, sonriendo.

—Vaya, luces muy bonita —dijo Alex. La miró largamente y le devolvió la sonrisa—. ¿Estás lista para irnos?

—Sí, sólo déjame tomar mi bolso y mi llave.

Angélica se dirigió a una pequeña mesa y tomó su bolso. Salió y cerró la puerta. Cuando metió la llave en el bolso se volvió hacia Alex con una sonrisa.

Alex se apresuró a abrirle la puerta de su coche. Una vez que la metió dentro, con el cinturón de seguridad abrochado, se apresuró a dar la vuelta al lado del conductor y subió. El trayecto hasta la sala de reuniones fue corto. Pronto entraron en una plaza de aparcamiento y salieron del coche. Alex tomó el brazo de Angélica y la acompañó al interior. El interior de la sala era grande y había sillas en un lado. Tres de las sillas estaban ocupadas por hombres indios muy mayores. Luna Andante ocupaba una silla a un lado de los ancianos. Hizo un gesto para que Alex y Angélica se unieran a ella.

Cuando llegaron a su lado, se puso de pie, tomó a Alex y a Angélica de la mano y los guió hacia el frente de los ancianos.

—Oso Negro, Ardilla Gris y Castor Sonriente, ¿recuerdan a mi nieto, Lobo Corredor? —hizo una pausa mientras cada uno de los ancianos reconocía a Lobo Corredor—. Esta es Pequeña Flor, la hija de Estrella Brillante —señaló a Pequeña Flor.

—Me alegro de que hayas vuelto con nosotros, Pequeña Flor —dijo Oso Negro. Los otros dos asintieron.

—Gracias. Es bueno estar en casa —dijo Pequeña Flor.

Luna Andante guió a Lobo Corredor y a Pequeña Flor de vuelta a sus sillas, y todos se sentaron.

La puerta se abrió, y entró Alce Risueño. Su rostro palideció cuando vio a Pequeña Flor sentada en el grupo. Se acercó y bajó la cabeza respetuosamente hacia el grupo de ancianos. No dijo nada. Esperó a que ellos hablaran primero. Oso Negro lo miró con severidad.

—Alce Risueño, puedes sentarte. Escucharemos los cargos contra ti y, luego, podrás hablar —Alce Risueño asintió y se dio la vuelta. Luego, se sentó.

Oso Negro giró la cabeza e hizo un gesto para que Pequeña Flor se acercara.

—Pequeña Flor, ¿quieres contarnos lo que pasó el día que te arrebataron?

—Sí —aceptó Pequeña Flor—. Estaba en el parque con Alce Risueño. Alce Risueño me pidió que le financiara un negocio en el que estaba interesado. Le dije que le pediría a mi contable que revisara el negocio y que le informara más tarde. Alce Risueño debió pensar que lo rechazaba. Estábamos junto a un banco del parque y me empujó. Me tropecé y me caí. Al caer, me golpeé la cabeza contra el banco y me desmayé. Cuando volví en sí, me puse en pie, pero estaba muy desorientada. Tropecé con unos arbustos y me desmayé de nuevo. Cuando me desperté, un policía estaba junto a mí y llamó a una ambulancia para que me llevara al hospital. Fue entonces cuando me enteré de que habían pasado veinte años.

Pequeña Flor bajó la cabeza y esperó a que Oso Negro hablara.

—Gracias, Pequeña Flor. Puedes sentarte.

Pequeña Flor volvió a su silla y Oso Negro se volvió hacia Alce Risueño y le indicó que se acercara. Alce Risueño se acercó y esperó para hablar.

—¿Tienes algo que añadir a la historia contada por Pequeña Flor? —preguntó Oso Negro.

—Sucedió como ella dijo. No quería hacerle daño. Cuando se cayó había tanta sangre que pensé que estaba muerta. Me asusté y salí corriendo. Volví más tarde, pero ya no estaba y no pude encontrarla. No sabía qué hacer, así que no hice nada.

Oso Negro lo miró pensativo.

—Sabes que habrá un pago por tu cobardía. ¿Estás preparado para aceptar nuestro juicio?

—Sí, lo estoy —respondió Alce Risueño.

Oso Negro miró hacia Luna Andante, Pequeña Flor y Lobo Corredor —¿Hay alguna sugerencia? —preguntó.

Lobo Corredor se puso de pie y se enfrentó a los ancianos.

—Si puedo hacer una sugerencia —cuando los ancianos asintieron, continuó—. Alce Risueño ha deshonrado el nombre que se le dio. Creo que su nombre debería cambiarse por el de Comadreja Rayada para mostrar su deshonra —Lobo Corredor tomó asiento y esperó la reacción de los ancianos a su sugerencia.

Oso Negro y los demás hablaron en voz baja entre ellos. Cuando terminaron su discusión, Oso Negro hizo un gesto para que Alce Risueño se acercara.

—¿Aceptas el cambio de nombre? —preguntó.

Alce Risueño miró a Pequeña Flor y, rápidamente, apartó la mirada.

—Sí —respondió.

—Muy bien, a partir de ahora serás conocido como Comadreja Rayada. Esta reunión ha terminado.

Oso Negro y los demás se levantaron y abandonaron la sala de reuniones. Luna Andante se giró y empezó a decirle algo a Pequeña Flor, pero fue interrumpida por Comadreja Rayada.

—Pequeña Flor, sólo quería decirte que me alegro de que estés bien —dijo.

—Gracias —respondió Pequeña Flor.

Comadreja Rayada se dio la vuelta y se fue.

—¿Estás lista para irte? —preguntó Lobo Corredor.

—Sí, por favor. Gracias, Luna Andante por

ocuparte de todo —apretó la mano de Luna Andante y le sonrió.

Luna Andante palmeó la mano de Pequeña Flor.

—Ustedes dos continúen. Lobo Corredor, cuida bien de Pequeña Flor. Tenemos que asegurarnos de que se quede con nosotros —Luna Andante se dio la vuelta y los dejó allí de pie.

—¿Qué crees que quiere decir? ¿Existe la posibilidad de que pueda volver al pasado? —Angélica miró inquisitivamente a Lobo Corredor.

Lobo Corredor negó con la cabeza y tomó las manos de Pequeña Flor entre las suyas.

—No lo sé. Espero que no. Me gusta tenerte cerca.

Pequeña Flor le sonrió a Lobo Corredor.

—Vamos, tengo algo que quiero preguntarte.

Salieron de la sala de reuniones y se dirigieron al coche de Alex. Cuando estaban en el coche, Angélica se dirigió a Alex.

—Sabes que es fácil pensar en ti como Lobo Corredor en la sala de reuniones, pero en cuanto nos alejamos de allí vuelves a ser Alex —sacudió la cabeza.

—Lo sé —convino Alex—. Allí eras Pequeña Flor, y ahora vuelves a ser Angélica.

Angélica y Alex se sonrieron en señal de comprensión.

—¿Qué querías preguntarme? —preguntó Alex.

—Quería preguntarte por mi carnet de conducir. Hace tiempo que caducó y la fecha de nacimiento que figura en él hace que tenga cuarenta y cinco años. No sé cómo podré renovarlo. Necesito poder conducir, ya que vivo tan lejos de la ciudad —

Angélica se retorció las manos mientras esperaba la respuesta de Alex.

Alex se acercó y puso una mano sobre la suya. Ella se calmó al instante y lo miró.

—Podemos ocuparnos de ello mañana. Hoy es demasiado tarde. Pasaré por aquí después de mis rondas en el hospital para llevarte a ver a Halcón Amarillo. Él es el encargado de expedir los permisos de conducir en la reserva. Él puede decirnos lo que tenemos que hacer. No te preocupes. Él te creerá. Sería una historia diferente si tuvieras que ir a la ciudad para obtener tu licencia. La reserva cuida de los suyos, ¿sabes? —sonrió, recordándole sus palabras en el hospital—. Todo saldrá bien. Ya lo verás. Le apretó la mano y, luego, volvió a ponerla en el volante mientras giraba hacia la entrada de su casa.

Alex ayudó a Angélica a salir del coche y la acompañó hasta la puerta. Ella se volvió hacia él y sonrió.

—Te estoy quitando mucho tiempo. Gracias por ayudarme.

—Me alegro de ayudar —Alex se inclinó hacia ella y le dio un suave beso en los labios. Se apartó y miró para ver si ella se oponía a su atrevimiento. Angélica siguió sonriéndole. Él dio un suspiro de alivio—. Te veré mañana. Vamos a entrar —tomó su llave, abrió la puerta y llevó a Angélica al interior. Le dio otro suave beso en los labios y le dio las buenas noches mientras se marchaba.

Angélica se puso los dedos en los labios y sonrió. Se puso de pie y saboreó las agradables sensaciones que le dejó Alex. Mientras se preparaba para ir a la cama, sabía que iba a ser una buena noche. Estaba segura de que tendría buenos sueños. Angélica pensó en Alce Risueño... No, en Comadreja Rayada, se corrigió. Esperaba que no sufriera demasiadas repercusiones por el cambio de nombre, pero el castigo podría haber sido mucho peor, y ya estaba hecho.

Volviendo a sus anteriores pensamientos sobre Alex, se abrazó a sí misma, apagó la luz y se acurrucó en la cama.

# CAPÍTULO CUATRO

Al día siguiente, Alex se apresuró a hacer sus rondas. No negó la atención a ninguno de sus pacientes, pero tampoco se entretuvo en hablar con ellos como hacía a veces. En cuanto terminó, entregó los historiales y salió del hospital.

Primero, pasó por su casa para cambiarse la ropa del hospital. Pensó que Angélica debía tener otra visión de él fuera de su imagen de médico. Cuando entró en su coche, llamó a Angélica.

—Hola —respondió Angélica.

—Hola, soy Alex. Quería decirte que iré a tu casa en unos minutos.

—Estaré lista —respondió ella.

—He hablado con Halcón Amarillo. Dijo que trajeras tu licencia de conducir y tu certificado de nacimiento. Tengo algo más de información de Luna Andante, pero te lo contaré cuando llegue.

—De acuerdo, nos vemos pronto —aceptó Angélica.

Alex llamó a su puerta unos diez minutos después.

—Hola.

Fue recibido con una sonrisa cuando Angélica abrió la puerta.

—Hola —dijo Angélica, devolviéndole la sonrisa. Se quedaron mirándose el uno al otro durante un minuto. Alex se inclinó hacia delante y la besó suavemente.

—Vaya, parece que se te está haciendo costumbre hacer esto —dijo Angélica suavemente.

—¿Te opones? —preguntó Alex con la misma suavidad.

—No —dijo Angélica, negando con la cabeza.

—Bien —dijo Alex.

—Entra —dijo Angélica, dejándole pasar y cerrando la puerta—. Dijiste que tenías más noticias.

—Sí —aceptó Alex. Ambos tomaron asiento en el sofá, y Angélica miró a Alex, expectante.

—Luna Andante ya ha hablado con Halcón Amarillo. Lo tienen todo arreglado entre los dos. Lo arreglará cuando lo veamos. También ha hablado con uno de los directores de su banco. Resulta que es el hijo de Oso Negro. Se ha encargado de tu fondo fiduciario y de tus cuentas bancarias. Luna Andante les dijo a todos que volverías y que mantuvieran todo en orden para tu regreso. Oso Pequeño ha guardado los registros de todas tus cuentas y está listo para entregártelos tan pronto como pasemos por su oficina en el banco. Así que tenemos que ir al banco y al lugar del permiso de conducir. ¿Estás lista?

—Sí, estoy lista. Tengo mi licencia y mi certificado de nacimiento en mi bolso —respondió ella, poniéndose de pie.

Alex la tomó de la mano y la condujo a su coche. Después de ayudarla a entrar en el coche, entró en el lado del conductor y arrancó el coche. Alex miró a

Angélica y vio que parecía un poco tensa. Se acercó a ella y le dio unas palmaditas en la mano.

—No te preocupes. Todo saldrá bien. Ya lo verás.

Llegaron al despacho de Halcón Amarillo y llamaron a la puerta. Cuando una voz gritó: "Adelante", Alex abrió la puerta e hizo pasar a Angélica.

—Hola, Estrella de la Mañana —saludó Alex a la joven del mostrador—. Esta es Pequeña Flor, estamos aquí para ver a Halcón Amarillo. Pequeña Flor, esta es Estrella de la Mañana. Es una prima tuya por parte de tu madre.

—Hola —respondieron Pequeña Flor y Estrella de la Mañana al unísono.

—Será agradable conocer a alguien de mi familia —Angélica sonrió.

Estrella de la Mañana le devolvió la sonrisa y aceptó.

Halcón Amarillo sacó la cabeza de su despacho.

—Hola, me ha parecido oír la voz de Lobo Corredor aquí fuera.

Salió para estrechar la mano de Alex y se volvió hacia Angélica con una sonrisa.

—Esta debe ser Pequeña Flor. Me alegro de que estés de nuevo con nosotros. Luna Andante nos aseguró a todos que volverías —le ofreció la mano. Pequeña Flor le estrechó la mano con una sonrisa—. Ahora, si los dos vienen a mi oficina y me dejan arreglar todo.

Los dos le siguieron a su despacho después de dedicarle una sonrisa a Estrella de la Mañana. Pequeña Flor sacó su partida de nacimiento y su carnet de conducir y se los entregó a Halcón Amarillo.

Él tomó los objetos y los estudió.

—Esto no será un problema —declaró Halcón Amarillo—. En tu partida de nacimiento, cambiaré tu fecha de nacimiento de 1970 a 1990. Tus padres no tendrán sus fechas cambiadas. Ellos sólo tienen su edad aquí, no en su fecha de nacimiento. Así que la única que cambia eres tú. Tu licencia de conducir es la misma. Sólo cambiaremos tu fecha de nacimiento de 1970 a 1990.

Sacó el programa de su ordenador e hizo las correcciones.

—Ahora, si te pones delante de la cámara y firmas el carnet, lo tendremos listo en unos minutos.

Le mostró dónde firmar y dónde ponerse. Rápidamente, le hizo una foto. Mientras se tramitaba la licencia, se puso a trabajar en su certificado de nacimiento. Imprimió una copia y la selló para que estuviera certificada. Se oyó un pitido que indicaba que la licencia estaba lista. Halcón Amarillo sacó la licencia y el certificado de nacimiento y se los presentó a Pequeña Flor.

—Bienvenida a casa, Pequeña Flor —dijo mientras se los entregaba.

—Gracias. Te agradezco mucho que me lo hayas puesto tan fácil. ¿Cuánto te debo por esto? —preguntó ella.

—Estos son por cuenta de la casa. Luna Andante no me dejaría oír el final de esto si te cobrara algo. Todos queremos estar en el lado bueno de Luna Andante. Intercambió una mirada de total comprensión con Lobo Corredor.

Se despidieron de Halcón Amarillo y Estrella de la Mañana mientras se marchaban. Cuando estuvieron en el automóvil y en camino, Angélica miró a Alex.

—Espero que el banco sea tan fácil como esto. Necesito aclararlo todo para poder usar mi dinero.

Alex le dio una palmadita en la mano.

—Estoy seguro de que Luna Andante nos ha allanado el camino —dijo él, sonriendo.

Angélica le devolvió la sonrisa.

—Realmente ha estado cuidando de mí. Le debo mucho —apartó la mirada, pensativa. Cuando volvió a mirar a Alex, parecía dudar.

Alex la miró con curiosidad.

—¿Pasa algo? —preguntó.

—Me preguntaba... ¿Hay algo que la reserva necesita pero que ha pospuesto conseguir debido a los fondos?

—No lo sé. Tendré que pensarlo. Estoy más involucrado en el hospital que en los asuntos de la tribu. Lo averiguaré y te lo haré saber.

—Gracias —respondió Angélica.

Entraron en el aparcamiento del banco. Se sentaron a mirarlo durante un minuto.

—Parece estar casi igual que hace veinte años —dijo Angélica.

—Supongo que algunas cosas, como los bancos, disfrutan lo suficiente de su imagen como para permanecer igual. Vamos, entremos.

Salieron del vehículo y Alex la tomó de la mano mientras entraban. Siguieron las señales hasta que encontraron el despacho de Derrick Bear. Alex llamó a la puerta. La puerta fue abierta por un hombre que tenía un sorprendente parecido con Oso Negro. Cuando les vio allí, sonrió y les hizo pasar al interior.

—Todos nos alegramos de que estés bien y de que

hayas vuelto con nosotros, Pequeña Flor. ¿Está bien si te llamo Angélica? Necesito explicarte tus cuentas.

—Sí, por favor, hazlo —respondió Angélica.

Derrick Bear sonrió.

—Ya he cambiado tu fecha de nacimiento a 1990. Luna Andante me encargó que fijara la fecha hace una semana.

—¡Hace una semana! —exclamó Angélica—. Sólo llevo aquí 4 días.

Derrick y Alex sonrieron.

—De acuerdo, lo entiendo. Luna Andante sabía que iba a volver —suspiró Angélica.

Derrick se limitó a sonreír y adelantó unos papeles.

—Encontrarás todo en orden. Te he pedido nuevos cheques, una tarjeta de débito y una de crédito. Sólo tienes que poner tu firma en estos papeles —le entregó un par de papeles para que los firmara.

Angélica los miró y los firmó. Derrick le quitó los papeles y puso uno en su pila y otro en la del banco.

—Verás que el fondo fiduciario vale unas seis veces más de lo que valía cuando nos dejaste. La Fundación Black, creada por tu abuelo, va muy bien y está dirigida por un consejo de administración. Eres una joven muy rica. ¿Tienes idea de lo que vas a hacer ahora?

—Bueno, estoy planeando gastar algo en la reserva. Sólo tengo que ver dónde es más necesario. También voy a buscar un trabajo a tiempo parcial, algo en el campo del arte. Me especialicé en arte en la universidad y no voy a quedarme sentada malgastando el dinero.

Derrick se quedó pensativo.

—Luna Andante puede ayudarte a decidir dónde es más necesario el dinero en la reserva. También he oído que la galería de arte está buscando ayuda a tiempo parcial. Podrías pasarte y hablar con ellos. No te apresures. Disfruta primero de estar en casa unos días.

—Lo haré —aceptó Angélica, levantándose de su silla.

Derrick puso todos sus papeles en una carpeta y se los entregó.

—Si hay algo en lo que pueda ayudarte, llámame. Mi tarjeta está en la carpeta. Estaré encantado de ayudar en lo que pueda.

—Gracias —dijo Angélica.

Derrick y Alex se dieron la mano, y Alex guió a Angélica fuera del banco.

Alex se volvió hacia Angélica.

—¿Te gustaría tomarte un helado mientras estamos en la ciudad?

Angelica sonrió.

—Me encantaría. ¿Podemos dejar estos papeles en tu auto?

—Claro —dijo Alex. Tomó los papeles y los puso en el asiento trasero del coche. Después de cerrar la puerta, tomó la mano de Angélica y caminaron por la calle hacia la heladería.

Caminaron lentamente mientras Angélica miraba a su alrededor para ver los cambios en las tiendas. Algunas de las antiguas tiendas habían desaparecido, y había muchas más tiendas especializadas. Se alegró de que la vieja heladería hubiera sobrevivido. Tenía muy buenos recuerdos de ella. Su padre y su madre la llevaban a tomar un cucurucho los domingos después de la iglesia. Suspiró. Los echaba mucho de menos.

Habían estado fuera mucho tiempo, pero a ella no le parecía tanto.

Llegaron a la heladería. Alex abrió la puerta y la hizo pasar. Había una cola de gente esperando el helado. Alex y Angélica se dirigieron al final de la fila y se acercaron pacientemente al mostrador.

—¿Qué puedo ofrecerles? —preguntó el adolescente que estaba detrás del mostrador.

—Un helado de chocolate y vainilla —dijo Angélica, sonriendo hacia Alex.

—Yo quiero uno de fresa y plátano —dijo Alex.

Recibieron sus conos y se dirigieron a una mesa para sentarse y disfrutarlos.

Después de dar el primer sorbo al cono, Angélica suspiró de placer.

—Esto está muy bueno —dijo—. ¿Quieres probarlo? —le preguntó a Alex. Le acercó el helado para que lo probara.

—Mmm, qué bien —dijo Alex—. ¿Quieres probar el de fresa y plátano? —le preguntó él, tendiéndole el cucurucho.

—Sí, por favor —respondió Angélica. Se inclinó hacia delante para probarlo. Suspiró de placer—. La próxima vez tendré que probar esto.

Alex sonrió mientras seguía lamiendo su cucurucho.

—Este es uno de mis lugares favoritos. Siempre intento pasarme por aquí cuando estoy en la ciudad.

—También es uno de mis lugares favoritos. Mis padres solían traerme aquí los domingos, después de la iglesia. Me alegro de que haya sobrevivido.

Cuando terminaron sus conos, tiraron la basura y volvieron a salir. Alex tomó la mano de Angélica y la acercó a su lado. Angélica sonrió y se mantuvo cerca de él. Miraron a su alrededor, y Angélica vio la galería de arte Mason's a media manzana de distancia, al otro lado de la calle.

—¿Es esa la galería de arte de la que hablaba Derrick? —preguntó señalándola.

Alex miró la galería de arte calle arriba.

—Sí, es la única galería de arte de la ciudad. ¿Te gustaría echarle un vistazo?

—¿Podríamos? No quiero quitarte mucho tiempo —miró a Alex con curiosidad.

—Tengo tiempo de sobra. He terminado mis rondas y no estoy de guardia, así que estoy a tu disposición. Podemos hacer lo que quieras.

—Será mejor que tengas cuidado al hacer declaraciones como esa. Nunca se sabe en qué problemas te puedo meter —Angélica le sonrió a Alex.

Alex le devolvió la sonrisa y le apretó la mano.

—Quise decir cada palabra —dijo—. Vamos a ver la galería de arte.

# CAPÍTULO CINCO

Mientras paseaban despreocupadamente por la calle, varias personas llamaban a Alex, llamándole Dr. Steel. Él los saludaba con la mano para reconocerlos, pero no se detenía. Siguió centrando su atención en Angélica. Señalaba las nuevas tiendas y algunas antiguas. No quería que el mundo exterior se entrometiera en su tiempo con Angélica.

De repente, le soltó la mano y se puso delante de dos adolescentes que venían hacia él en monopatín. Levantó la mano para indicarles que se detuvieran. Los dos chicos se detuvieron al verle. Alex los miró con severidad antes de hablar.

—Pequeño Roble y Poni Gris, ¿por qué están fuera y no en la escuela?

—La escuela terminó temprano. Luna Andante dijo que necesitaban decorar el edificio para una fiesta de bienvenida a casa para Pequeña Flor. Nos envió a mí y a Poni Gris a recoger unas serpentinas de la florería —explicó pacientemente Pequeño Roble.

—Ya veo —dijo Alex.

—Tenemos que irnos, Lobo Corredor. A Luna

Andante no le gusta que la hagan esperar —Poni Gris estaba ansioso por seguir su camino.

—Muy bien, ustedes dos tengan cuidado y no atropellen a nadie —dijo Alex.

—Siempre tenemos cuidado —declaró Pequeño Roble. Con un gesto de la mano, los chicos se pusieron en camino.

—¿Sabías que Luna Andante estaba planeando una fiesta? —preguntó Angélica.

—No, no ha llegado a decírmelo todavía —Alex tomó la mano de Angélica y comenzaron a caminar de nuevo hacia la galería de arte.

Cuando entraron en la galería de arte, la campana de la puerta tintineó alegremente.

—Me gusta el sonido. Suena tan alegre —dijo Angélica.

—Hola —dijo una voz—. Ahora mismo voy —la señora salió de la trastienda y se acercó a saludarles, sonriendo. Se detuvo al ver a Alex.

—Dr. Steel —dijo, sonriendo y tendiéndole la mano a Alex. Alex le estrechó la mano, pero parecía desconcertada por su identidad—. Soy Melanie Mason —explicó—. Quiero darle las gracias por haber atendido a mi hija, Valerie, cuando le picó la abeja.

—Tuve ayuda de Marcus. ¿Cómo están Valerie y Marcus?

—Están muy bien. Es maravilloso ver a mi hija y a Marcus tan enamorados y planeando su boda —suspiró Melanie—. Sin embargo, es mucho trabajo. Se van a casar dentro de un mes aquí en Rolling Fork, en nuestra iglesia. No pudimos celebrarla en el exterior por culpa de las abejas. La recepción posterior será en el club de campo. Sé que Valerie te está invitando.

Quería invitar a tu abuela, Luna Andante, pero no sabía dónde enviar la invitación.

—A Luna Andante le encantará esto. Dile a Valerie que lo envíe a la reserva. Luna Andante lo recibirá. Todo el mundo la conoce —Alex le sonrió a Melanie y se volvió hacia Angélica—. Melanie, esta es Angélica Black. La hija de Melanie, Valerie fue paciente mía. Es muy alérgica a las picaduras de abeja y a los medicamentos que se suelen utilizar para tratarlas. Marcus me hizo saber qué medicina debía darle. Al final todo salió bien, pero estuvo cerca de morir.

—Debió de ser aterrador para tu familia —le dijo Angélica a Melanie.

—Lo habría sido, si yo hubiera estado aquí. Mi marido y yo estábamos de viaje en Italia en ese momento. Cuando nos enteramos, todo había terminado. Escúchame —dijo, disculpándose—. Te tengo aquí hablando en lugar de ver en qué puedo ayudarte. ¿Hay algo en particular que te interese?

—Sí —dijo Angélica—. Veo que tienes un cartel de "se busca ayuda" en la vidriera. ¿Qué tipo de ayuda necesitas?

—Bueno —dijo Melanie, sonriendo—. Principalmente necesito a alguien que cubra la sala delantera y hable con los clientes. Cindy trabaja en la trastienda y mi marido se encarga de la contabilidad. Yo suelo ocuparme de la parte delantera, pero tengo que tomarme un tiempo libre para trabajar en la boda de Valerie y Marcus. ¿Crees que estarías interesada?

—Sí, me gustaría un trabajo a tiempo parcial. Tengo un título en artes liberales, pero no tengo ninguna experiencia. Sin embargo, aprendo rápido.

—¿Cuántas horas al día crees que podrías trabajar? —preguntó Melanie.

—Podría hacer cuatro horas al día. No puedo trabajar el domingo —miró a Melanie, expectante.

—¿Qué tal si empezamos mañana y vemos cómo funciona el resto de la semana? Podemos hablar más después de ver cómo te va. ¿Te parece bien? —preguntó Melanie.

—Estaré aquí mañana. ¿A qué hora me necesitas? —Angélica tenía una gran sonrisa en la cara. Miró a Alex con entusiasmo.

—Abrimos a las nueve. Si puedes llegar a las ocho y media, podemos rellenar el papeleo y te puedo enseñar el lugar. Sólo tienes que acercarte a la puerta trasera y llamar para que alguien te deje entrar. Bienvenida a bordo, Angélica —Melanie le tendió la mano a Angélica para que la estrechara. Angélica le estrechó la mano y se volvió hacia Alex.

—No puedo creerlo —dijo, dándole un abrazo—. Tengo un trabajo.

—Ya veo —dijo Alex, sonriendo y devolviéndole el abrazo—. Será mejor que nos vayamos para que puedas prepararte para mañana. Ha sido un placer verte —le dijo a Melanie—. Por favor, saluda a Valerie y a Marcus de mi parte.

—Lo haré —afirmó Melanie. Observó cómo Alex y Angélica volvían a subir por la calle hacia su coche —. Otra pareja enamorada —reflexionó—. Debe haber algo en el aire últimamente.

—Pensé que ibas a esperar unos días antes de conseguir un trabajo —comentó Alex.

—Así era, pero no pude resistirme a preguntar —dijo Angélica con alegría.

—Si empiezas a sentirte cansada, descansa. Melanie lo entenderá. Es una persona muy amable.

Angélica miró a Alex con curiosidad. "No creí que la conocieras cuando entramos en la tienda.

—No la conocía, pero sí a su hija y a Marcus. Son gente muy agradable, y Valerie hablaba mucho de su madre y su padre. Los echaba de menos, aunque se estaba enamorando de Marcus. Vas a ir a su boda conmigo, ¿verdad? —preguntó Alex.

—¿Seguro que no les importará? —preguntó Angélica.

—Probablemente no verán a nadie más que al otro —dijo Alex con una sonrisa.

Llegaron de nuevo al coche. Alex abrió la puerta y acompañó a Angélica al interior antes de subir al lado del conductor.

—¿Necesitas comprar algo mientras estamos en la ciudad? —preguntó.

—No, no se me ocurre nada. Tenemos que averiguar cuándo se celebra la fiesta de Luna Andante —dijo Angélica.

—Sí, casi me había olvidado de eso. Será mejor que vayamos a averiguar qué pasa.

Alex arrancó el automóvil y se dirigió a la reserva.

Alex se detuvo frente a la escuela y se dirigió a Angélica.

—Deberías esperarme aquí. No sé si Luna Andante está planeando que la fiesta sea una sorpresa. Iré a ver qué puedo averiguar.

—De acuerdo —respondió Angélica.

Alex salió y entró. Angélica miró a su alrededor con curiosidad. El edificio tenía buen aspecto. Estaba en buen estado. Frunció el ceño. Necesitaban un gimnasio grande para usar cuando llovía. Había niños repartidos por los alrededores utilizando instalaciones deportivas exteriores.

Algunos jugaban al baloncesto. Había un campo de fútbol y un campo de béisbol. Había un pequeño parque infantil para los niños más pequeños. Angélica miró a su alrededor. Había un gran terreno vacío en el lado este de la escuela.

—Me pregunto si se podría utilizar para la escuela —pensó. Se dio la vuelta, mirando al frente, mientras Alex salía del edificio. Le sonrió mientras se metía en el coche.

Alex le devolvió la sonrisa y se acercó para apretarle la mano.

—La fiesta es esta noche a las seis. Le dije a la abuela que sólo podías quedarte un par de horas porque necesitabas descansar. Ella estuvo de acuerdo conmigo y me pidió que te llevara. También quería saber si lo habíamos arreglado todo. Me dijo que te dijera que te gustaría trabajar en la galería de arte.

—¿Qué? ¿Le has contado lo del trabajo? —preguntó Angélica.

Alex negó con la cabeza.

—No, ni una palabra. Ella siempre lo sabe.

Angélica sacudió la cabeza y se rio.

—Apuesto a que fue duro crecer con ella. Sabía que te ibas a meter en problemas incluso antes de que hicieras nada.

Alex la miró y se rio con ella.

—Sí, no nos salimos con la nuestra.

Alex aparcó su coche en la entrada de la casa de Angélica. Se apresuró a ayudarla a salir y a acompañarla hasta su puerta. Después de que Angélica abriera la puerta, Alex la acercó y le dio un suave beso. Al sentir que ella respondía, profundizó el beso. Al cabo de un minuto, se retiró y apoyó su frente en la de ella. Ninguno de los dos estaba sin aliento, pero respiraban con dificultad.

Alex la miró a los ojos.

—Intenta echarte una siesta. Te recogeré a las cinco y media. No queremos llegar demasiado tarde. Luna Andante podría enviar a alguien tras nosotros —se rio suavemente.

Angélica le sonrió.

—Lo intentaré —prometió.

Alex la besó una vez más, suavemente, y se dio la vuelta para irse.

—Alex —llamó Angélica.

Alex se giró para ver qué quería. Angélica salió hacia él. Cuando estuvo frente a Alex, se detuvo y lo miró.

—Puedes quedarte aquí. Podemos sentarnos y hablar, o podemos ver la televisión —suspiró—. Es que no quiero estar sola.

—De acuerdo, me encantaría sentarme y relajarme contigo —respondió él.

Alex le tomó la mano y se dieron la vuelta y entraron juntos en la casa. Angélica le indicó el camino hacia el sofá y tiró de la mano de Alex para que se sentara también.

—¿Quieres beber algo? —le ofreció ella.

—No, estoy bien. Sólo quiero sentarme aquí y hablar y conocerte mejor. Debes haber adivinado que siento algo por ti. Sé que esto debe parecer repentino, pero siento que nos hemos acercado y que nos hemos encariñado mucho en unos pocos días.

—Sí —coincidió Angélica—. Me siento muy segura cuando estoy contigo. Siento que el universo me envió al futuro para que pudiera conocerte en igualdad de condiciones.

Alex le apretó la mano, se inclinó hacia delante y le dio un suave beso en los labios. Cuando empezó a retirarse, Angélica levantó la mano y le sujetó la nuca para que el beso pudiera continuar y profundizarse. Cuando por fin se separaron los labios, ambos inclinaron la cabeza para que sus frentes se tocaran y los dos respiraban con dificultad. Angélica le sonrió a Alex y apoyó la cabeza en su pecho.

—¿Te importa si nos quedamos así un momento?

Alex la rodeó con su brazo y le susurró.

—Me encantaría sentarme aquí así todo el tiempo que me dejes.

Angélica sonrió y se acurrucó más cerca de Alex. Sus ojos se cerraron y pronto se quedó dormida. Alex sonrió y le besó la cabeza. Tuvo mucho cuidado de no empujarla. Ella necesitaba una siesta. Se sentía muy feliz de estar sentado allí, abrazándola.

# CAPÍTULO SEIS

Angélica se revolvió y abrió los ojos. Miró a su alrededor y, cuando se dio cuenta de dónde estaba, se quedó muy quieta. Miró a Alex, que se había quedado dormido, abrazándola. Sonrió. Nunca se había sentido tan segura y protegida. Aunque sólo hacía unos días que conocía a Alex, empezaba a sentir algo muy fuerte por él. Le daba vértigo estar allí en sus brazos.

Alex se removió y abrió los ojos. Sonrió a Angélica al ver que estaba despierta y le observaba.

—Supongo que me habré quedado dormido —dijo.

—Creo que los dos necesitábamos una siesta —respondió Angélica.

Alex la abrazó brevemente, pero cuando miró su reloj, suspiró.

—Voy a tener que irme. Tengo que llegar a casa para ducharme y cambiarme para la fiesta de esta noche.

Angélica se sentó y se estiró.

—Sí, yo también. No tengo ni idea de qué

ponerme. ¿Qué se pone uno para una fiesta sorpresa de bienvenida a casa? —preguntó.

Alex sonrió y la acercó para darle un beso.

—No importa lo que te pongas. Siempre luces hermosa —se levantó y, tirando de Angélica, se dirigió a la puerta principal. Al llegar a la puerta, la giró hacia él y la besó de nuevo—. Te veré dentro de un rato —dijo.

—De acuerdo —aceptó Angélica.

Cerró la puerta detrás de Alex y se apresuró a ir a su habitación para elegir su ropa para la fiesta. Buscó en su armario. Había un amplio armario para elegir. Miró a su alrededor y vio un vestido azul real. Era ajustado en la parte superior y tenía una parte inferior ligeramente acampanada. La falda acampanada le facilitaría caminar y sentarse. Colocó el vestido en la cama y empezó a reunir los accesorios que lo acompañarían.

Después de elegir todo lo que iba a ir con el vestido, se dirigió al baño para ducharse. Estaba duchada, vestida y terminando de maquillarse, cuando oyó que llamaban a la puerta. Se miró por última vez en el espejo y fue a dejar entrar a Alex.

—Estás preciosa —declaró Alex con voz entrecortada—. ¿Cómo consigues estar más guapa cada vez que te veo?Angélica sonrió a Alex.

—Luces muy atractivo. Creo que nunca te había visto con traje. Llevabas ropa de hospital en el hospital y ropa informal cuando fuimos a la ciudad. Definitivamente lo apruebo —dijo.

Alex se inclinó hacia ella y se detuvo.

—¿Se te estropeará el pintalabios si te beso? —preguntó.

—No, es a prueba de manchas —sonrió Angélica y ofreció sus labios para un beso.

Alex no perdió tiempo en complacerla. La besó suavemente y la abrazó por un momento antes de retirarse.

—Creo que tenemos que irnos.

Angélica sonrió mientras él le tomaba de la mano. La ayudó a subir a su coche y le abrochó el cinturón de seguridad antes de entrar en el lado del conductor y arrancar el coche.

Alex tuvo que buscar un lugar para aparcar cuando llegaron. El aparcamiento del colegio estaba lleno de coches. Cuando encontró un sitio, tuvieron que dar un largo paseo, sorteando coches, para llegar a la puerta principal. Cuando Alex le abrió la puerta a Angélica, el sonido les llegó de golpe. Angélica agarró la mano de Alex y la sujetó con fuerza. Alex la rodeó con su brazo y se inclinó hacia ella.

—No pasa nada. Debería haberte advertido sobre el sonido —dijo.

—Estoy bien. Por un momento me ha recordado a las fiestas a las que asistía cuando mis padres estaban vivos.

Alex la apretó más. Vio que Estrella de la Mañana se dirigía hacia ellos. Estrella de la Mañana se detuvo frente a ellos y se inclinó para darle un abrazo a Angélica.

—No tuve la oportunidad de hablar contigo en la oficina de Halcón Amarillo. Sólo quería decirte que me alegro de conocerte y que espero que podamos ser amigas —le sonrió a Angélica.

—Yo también lo espero. Estuve pensando en ti después de salir de la oficina de permisos de conducir.

¿No vivía tu familia en Canadá? —preguntó Angélica.

—Sí, nos mudamos aquí hace unos quince años. Mamá estaba muy afectada por la muerte de Estrella Brillante. Papá pensó que sería mejor que nos mudáramos aquí. Vamos, te la presentaré a ella y a los abuelos Estrella.

—¿Tengo una abuela y un abuelo? —preguntó Angélica.

—Sí —respondió Estrella de la Mañana. Se abrió paso con determinación entre la multitud.

Angélica y Alex la seguían de cerca para no separarse. Estrella de la Mañana se detuvo frente a una pareja de ancianos y una señora de la edad de su madre. Tenía un gran parecido con la madre de Angélica.

—Abuela, abuelo, mamá, esta es Pequeña Flor. Pequeña Flor esta es la abuela, o Estrella de la Noche Roja, el abuelo, o Estrella Bailarina, y mi madre, Estrella Fugaz —se apartó, sonriendo, y esperó a que alguien hablara.

Estrella Fugaz se levantó de su silla y se acercó a Pequeña Flor.

—Estamos muy contentos de conocerte. Nos alegramos de que te hayan devuelto —se inclinó para darle un abrazo a Pequeña Flor.

Pequeña Flor le devolvió el abrazo y sonrió con una sonrisa.

—Me alegro de conoceros a todos. Mamá me habló de todos vosotros. Siento que no hayamos podido conocernos antes.

Se acercó y le dio un breve abrazo a sus abuelos.

—Vamos a tener que reunirnos y conocernos, pero tengo que ir a buscar a Luna Andante y agradecerle que haya organizado esta fiesta de bienvenida para mí. Los veré a todos más tarde —Pequeña Flor les dedicó una sonrisa y se dirigió a Alex.

—¿Sabes dónde está Luna Andante? —preguntó.

—Sí, está junto a la banda —Alex estrechó la mano de su abuelo y su abuela y le dio un beso en la mejilla a Estrella Fugaz.

—Nos pondremos al día con todos vosotros más tarde —prometió.

Observaron a la banda mientras se dirigía a Luna Andante. Había dos guitarristas, un violinista y alguien tocando la batería. La música sonaba bien. Angélica pensó que sonaría mejor si no estuviera tan alta. Justo cuando llegaron a Luna Andante, la banda comenzó su descanso. Luna Andante los detuvo mientras dejaban sus instrumentos y abandonaban el escenario.

—Pequeña Flor, esta es la familia Leopardo. Llevan mucho tiempo haciendo música para nuestra tribu. Pequeño Leopardo y Doble Leopardo son gemelos y tocan las guitarras —señaló a los dos guitarristas, y Angélica sonrió y les estrechó la mano —. La batería la toca Leopardo Oscuro, y su padre, Leopardo Manchado, toca el violín. Leopardo Manchado es también el director de la escuela.

Angélica estrechó la mano de los dos últimos y les dijo que le gustaba su música. Todos los chicos se fueron a por un refresco, y Angélica y Alex se dirigieron a Luna Andante.

—Gracias por organizar esta fiesta para mí —dijo Angélica. Le dio un abrazo a Luna Andante y le sonrió—. Acabo de conocer a algunos de mis parientes. Estoy deseando conocerlos mejor —Angélica volvió a sonreírle a Luna Andante.

—He pensado que la mejor manera de que todos sepan que estás en casa es reunirlos a todos a la vez y que lo vean por sí mismos —dijo Luna Andante—. Les vendrá bien para conocer mejor a su familia.

—Sí, lo será —convino Angélica. Miró a Luna Andante con una gran sonrisa—. Tengo un trabajo a tiempo parcial. Empiezo mañana en la galería de arte. Además, quiero hablar contigo sobre dónde tengo que donar dinero para ayudar a la reserva. Sé que sabrás dónde se necesita más —Angélica miró a Luna Andante con seriedad.

Luna Andante le dio una palmadita en la mano.

—Nos reuniremos dentro de unos días y lo discutiremos. Esta noche, disfruta de la fiesta. Tú y Lobo Corredor vayan a bailar. La banda está a punto de empezar a tocar de nuevo.

Angélica miró el escenario. Había estado tan absorta hablando con Luna Andante que no se había dado cuenta de que la banda volvía. Volvió a abrazar a Luna Andante y, volviéndose para tomar la mano de Alex, dejó que él la guiara hasta donde había algunas personas bailando. Alex la hizo girar y se unieron a la fila de bailarines. El baile era lento y Angélica pronto se sintió cómoda con él. Sólo tenía que recordar los movimientos de cuando sus padres la llevaban a bailes similares.

Angélica miró a los otros bailarines. Estrella de la Mañana estaba bailando con el Oso Derrick. Sonrió y los saludó a ambos. Los dos sonrieron y le devolvieron el saludo. Halcón Amarillo estaba bailando con una chica bonita. No la había visto antes. Al menos, no que pudiera recordar. Alex le tiró de la mano para que volviera a fijarse en él. Se acercó y le susurró al oído.

—Tienes mucho tiempo para conocer a todos. Ten paciencia.

Angélica le sonrió y le apretó la mano. Cuando el baile llegó a su fin, Alex levantó la vista y vio que tres jóvenes se dirigían hacia ellos. Les dirigió una mirada dura. Dos de los hombres vieron la mirada y se apartaron. No querían enredarse con Lobo Corredor. El otro hombre siguió acercándose. Había conocido a Lobo Corredor toda su vida y no se dejó intimidar. Se detuvo frente a Lobo Corredor y Pequeña Flor.

—Hola, soy Lobo Solitario. Lobo Corredor es mi primo —le sonrió a Lobo Corredor—. ¿Te gustaría bailar?

Angélica le sonrió y miró a Alex. No estaba segura de lo que debía hacer. Él le devolvió la mirada con firmeza, dejándole la decisión a ella. Angélica negó con la cabeza y volvió a mirar a Lobo Solitario.

—No, gracias, ya estoy con Lobo Corredor —respondió.

Lobo Solitario retrocedió y Alex y Angélica se quedaron tomados de la mano y mirándose a los ojos. Angélica sonrió y Alex le devolvió la sonrisa. Estaban en perfecta sintonía el uno con el otro.

Luna Andante los observaba desde la banda. Parecía satisfecha de ver lo bien que se llevaban Pequeña Flor y Lobo Corredor.

*Hacen una buena pareja*, pensó. *Me harán un buen grupo de bisabuelos*. Volvió a suspirar satisfecha.

Alex y Angélica se quedaron allí una hora más. Saludaron a mucha gente y se mezclaron con el público. Angélica pasó un rato hablando con sus abuelos y su tía. Prometió ponerse en contacto en cuanto supiera qué horas tendría libres en su nuevo trabajo. Se despidió de ellos, y ella y Alex se dirigieron de nuevo a Luna Andante.

—Hemos venido a darnos las buenas noches —dijo Alex, besando su mejilla.

—Sí —coincidió Angélica—. Lo hemos pasado muy bien. Muchas gracias por organizarlo todo —Angélica se inclinó hacia ella y le dio un fuerte abrazo.

—Vayan ustedes dos —dijo. —Descansen bien y nos reuniremos pronto para hacer una larga visita. Tal vez durante el desayuno —añadió, y Angélica se rio.

—Ya sabes que puedes venir a desayunar cuando quieras —dijo Angélica.

Todos se despidieron de nuevo, y Alex y Angélica se dirigieron a la puerta. Una vez fuera, Alex y Angélica se dirigieron a donde habían dejado el automóvil. La multitud se había reducido a medida que la gente abandonaba la fiesta para irse a casa. Cuando Alex le puso el cinturón de seguridad a Angélica y se dirigieron a su casa, Alex se acercó y le tomó la mano.

—Me lo he pasado muy bien esta noche. Gracias por acompañarme —le dijo.

—Yo también me lo he pasado muy bien. Gracias por llevarme —le sonrió Angélica a Alex, aunque él no podía verla muy bien en la oscuridad.

Cuando llegaron a la casa de Angélica, Alex se dirigió a la puerta y le abrió. Dentro de la casa, Alex la acercó y la besó. Cuando se retiró, le tomó la cara suavemente con la mano. La miró a los ojos por un momento y, con un suspiro, apoyó su frente en la de ella.

—Tengo que irme. Los dos tenemos que ir a trabajar mañana. Llámame cuando hayas terminado.

Podemos reunirnos y comer algo —la besó de nuevo suavemente y la abrazó con fuerza durante un minuto. Se separó de mala gana y salió por la puerta. Volvió a mirar a Angélica, que estaba de pie mirándole.

—Ven, cierra la puerta —dijo.

Angélica fue a cumplir sus órdenes y cerró la puerta. Oyó que el coche de Alex se ponía en marcha y que se marchaba. Se giró con una sonrisa y se dirigió a las escaleras. Se abrazó a su felicidad mientras cantaba suavemente. Su vida se estaba arreglando muy bien. También tenía un hombre maravilloso interesado en ella. Tenía unos parientes que conocer y un trabajo.

Angélica puso el despertador antes de acostarse. No quería llegar tarde en su primer día.

# CAPÍTULO SIETE

El teléfono despertó a Angélica de un sueño profundo a la mañana siguiente. Buscó a tientas en la mesilla de noche y encontró el teléfono.

—Hola —susurró.

—Hola —respondió Alex—. Siento haberte despertado. Sólo quería desearte buena suerte en tu primer día en la galería de arte. Quería llamarte antes de irme al hospital.

—Alex, ¿qué hora es? —Angélica buscó su reloj. Lo encontró en el suelo junto a la cama. Debió de haberlo tirado cuando sonó la alarma.

—Son las 6:30 a. m. —respondió Alex.

—Me alegro de que hayas llamado. Debí de apagar la alarma y volver a dormirme. Yo también me alegro de poder darte los buenos días.

—Buenos días. Tienes tiempo de sobra. Respira hondo. Estarás bien. Llámame cuando salgas del trabajo. Prometiste salir a comer y podemos celebrar tu primer día de trabajo —Alex sonrió, esperanzado, para sí mismo.

—Me gustaría celebrarlo contigo —aceptó Angélica con su propia sonrisa—. Será mejor que me levante y empiece a prepararme. Gracias por llamar. Me has ayudado a empezar bien el día.

—Hablar contigo también es la mejor manera de empezar el día, excepto por abrazarte y recibir un beso mañanero. Será mejor que me vaya al hospital. Nos vemos luego —Alex colgó el teléfono de mala gana. Dio un enorme suspiro, pero nada pudo borrar la sonrisa de su rostro. Angélica estaba destinada a estar con él y se iba a asegurar de que nada ni nadie les impidiera estar juntos.

Angélica también sonreía mientras colgaba el teléfono. Se apresuró a ir a la cocina y puso en marcha la cafetera mientras se duchaba y se vestía.

Cuando se duchó, se vistió y se comió un bollo con crema de queso, que disfrutó con una taza de café recién hecho, eran las siete y media. Angélica decidió adelantarse y ponerse en marcha hacia la galería de arte. No sabía cómo estaría el tráfico. Prefería llegar temprano en lugar de tarde. Eran las 8:10 cuando se detuvo en un lugar de estacionamiento al lado de la galería. Se dirigió a la puerta trasera y llamó a la puerta como le había dicho Melanie.

La puerta fue abierta por una mujer joven. Sonrió a Angélica y le indicó que entrara para cerrar la puerta.

—Hola —dijo, y le ofreció la mano—. Tú debes de ser Angélica. Melanie me dijo que te esperara. Me llamo Cindy.

—Sí, soy Angélica —Angéelica le estrechó la mano y le dedicó una gran sonrisa a cambio.

—Melanie y Frank aún no han llegado, pero lo harán pronto. Ven, te mostraré la sala más importante de la galería —dijo Cindy, riendo. Ella guió el camino a la sala de descanso. Las dos chicas se reían al entrar en la sala.

—Ya veo que puede ser muy importante —coincidió Angélica.

—A veces puede ser un verdadero salvavidas —afirmó Cindy con otra sonrisa.

La puerta trasera se abrió y oyeron voces que se acercaban. Melanie y su marido entraron en la sala de descanso. Melanie se rio.

—Veo que Cindy ya te ha enseñado nuestra sala más importante —le tendió la mano a Angélica y se giró para mirar a su marido—. Esta es la joven de la que te hablaba. Angélica, este es mi marido Frank Mason. Frank saluda a nuestra nueva empleada, Angélica Black.

—Hola, Angélica. Es un placer que te unas a nosotros en la galería. Espero que te guste trabajar aquí —extendió la mano y le sonrió a Angélica.

Angélica le estrechó la mano y le devolvió la sonrisa.

—Seguro que sí, señor Mason.

Frank negó con la cabeza.

—Llámame Frank. Aquí somos muy informales. Creo que encajarás bien en nuestra familia. Tengo que ocuparme de un trabajo —dijo volviéndose hacia Melanie—. Nos vemos luego, querida —se dio la vuelta y, con un gesto de la mano, se dirigió a su despacho.

Cuando Frank se fue, Cindy llevó su taza de café al fregadero y se dio la vuelta para irse.

—Tengo que deshacer el equipaje, así que nos vemos más tarde. Angélica, bienvenida a bordo —respondió Cindy.

—Gracias. Estoy segura de que seré feliz aquí —respondió Angélica.

Melanie sonrió a Angélica.

—¿Estás lista para empezar? —preguntó.

Angélica se levantó y se reunió con ella en la puerta.

—Todo listo —aceptó.

Melanie la guió. Abrió brevemente la puerta de la sala trasera donde trabajaba Cindy.

—Aquí es donde se cataloga todo antes de colocarlo en el piso para su venta.

Cerró la puerta sin molestar a Cindy. Continuó por el pasillo.

—La siguiente habitación es la oficina de Frank. Al otro lado del pasillo está el lavadero y el baño. Ya has visto la sala de descanso —continuó a través de las puertas dobles hacia la parte principal de la galería—. Cindy se encarga de la mayoría de las exposiciones. Tiene un gran ojo para colocar las cosas de forma que se vean lo mejor posible. La caja registradora está detrás del mostrador, y tenemos un rincón al lado para que la gente se siente a tomar té o agua. Es una adición nueva y ha resultado ser muy popular. La mayoría de los artículos de la galería tienen un código estampado en la parte inferior. Cuando se pasan por el escáner te dice cuánto cuestan.

—Qué buena idea —dijo Angélica.

Melanie la miró con extrañeza.

—¿No has visto antes un escáner? —preguntó.

—No, nunca. Como te dije, no he tenido un trabajo antes, pero aprendo rápido —le dijo Angélica con seriedad. Temía que le retiraran la oferta de trabajo.

Melanie le dio una palmadita en la mano.

—Te pondremos al día en un abrir y cerrar de ojos —respondió—. Vamos, te enseñaré a manejar la caja registradora.

Le indicó el camino hasta el mostrador y le explicó a Angélica sus puntos.

—No te preocupes. Si te atascas o necesitas ayuda, yo estaré aquí hoy. Te ayudaré hasta que te sientas más cómoda con todo.

—Gracias —dijo Angélica.

El timbre de la puerta sonó cuando entraron los primeros clientes del día. Angélica sonrió cuando las dos ancianas entraron y se dirigieron a la zona con té y agua.

Melanie las saludó por su nombre y se volvió para presentarlas a Angélica.

—Angélica, estas señoras son dos de nuestras mejores clientas. Llevan visitándonos desde que abrimos la galería. Ellas son Sally Reynolds y Grace O'Malley. Señoras, esta es Angélica Black. Ha aceptado unirse a la familia de nuestra galería.

Las damas y Angelica sonrieron y se saludaron.

—Si hay algo en lo que pueda ayudarles, háganmelo saber —dijo Angélica.

Las señoras aceptaron y se llevaron su té mientras empezaban a mirar a su alrededor. Hablaron en voz baja entre ellas mientras paseaban. Después de un rato, se acercaron a la caja registradora. Cada una había encontrado una figura de ángel para comprar. Melanie se había quedado cerca para poder ayudar a Angélica si lo necesitaba. Angélica tomó la primera figurita y la escaneó como Melanie le había mostrado.

—¿Están separadas o juntas? —preguntó.

—Cóbralos juntos —dijo Sally—."Ya nos

arreglaremos entre nosotras más tarde —sonrió a Grace, que respondió con su propia sonrisa.

Angéelica escaneó la otra figurita y les dijo el total. Sally sacó su tarjeta de débito y la pasó por la máquina que había junto a la caja registradora. Puso su número de identificación personal y, luego, pulsó el botón de entrada. Angélica miró la caja registradora. Decía "Aceptado, venta realizada" e imprimía un recibo. Rompió el recibo y se lo entregó a Sally.

—Gracias por comprar en la galería —dijo con una sonrisa. Las mujeres tomaron su bolsa y, dejando las tazas en el mostrador, salieron por la puerta principal.

Melanie se rio.

—Esas dos siempre dejan sus tazas en el mostrador. Lo has hecho muy bien —le aseguró a Angélica. Melanie recogió las tazas desechadas y se dirigió a la sala de descanso para dejarlas en el lavavajillas.

Angélica suspiró y sonrió con satisfacción. Había sobrevivido a su primera venta. Le iba a gustar este trabajo.

Cuando Melanie volvió al frente, trajo algunos papeles. Se los dio a Angélica.

—Estos son los papeles de los que te hablé. Puedes rellenarlos cuando tengas tiempo y devolvérmelos antes de irte. No hay mucho en ellos. Son sobre todo nombre, dirección, número de la seguridad social y personas a cargo.

—De acuerdo —aceptó Angélica—. Voy a rellenarlos.

Como no había clientes en la tienda, abrió los papeles y empezó a rellenarlos. Como le dijo Melanie, los papeles no eran complicados, y pronto los terminó. Le llevó los papeles a Melanie.

—Ha sido rápido —dijo Melanie.

—Sí, ha sido como tú has dicho, muy sencillo —coincidió Angélica.

Melanie recogió los papeles y se dirigió al despacho.

—Voy a ayudar a Cindy en la parte de atrás durante un rato. Si necesitas ayuda, sólo tienes que llamar. Sonrió y se fue después de que Angélica aceptara.

El timbre de la puerta sonó. Angélica miró hacia ella cuando entraron dos señoras más. Una era de mediana edad y la otra parecía una adolescente. Se notaba su herencia nativa con solo mirarlas.

—Hola —las saludó Angélica con una sonrisa—. Si necesitan ayuda, sólo tienen que decírmelo.

Las señoras le devolvieron la sonrisa, pero no dijeron nada mientras seguían mirando a su alrededor. La chica más joven no dejaba de robarle miradas a Angélica. Cada vez que Angélica la miraba, desviaba la mirada rápidamente. La mayor de las dos encontró un artículo y se dirigió a la caja registradora. Dejó el artículo, una caja esmaltada, sobre el mostrador y esperó a que Angélica lo cobrara.

Angélica comenzó a escudriñar el artículo. Miró a la chica más joven. Se sorprendió al ver lágrimas en sus ojos. "¿Sucede algo?" le preguntó.

La señora mayor miró a la más joven y suspiró.

—Lo siento. La pequeña Alce ha estado molesta desde que se enteró del cambio de nombre de su padre. No quiere que le cambien el nombre. Los otros niños se burlan de ella. Verte a ti le hizo pensar en ello, y es joven, no controla muy bien sus emociones.

—¿Es la hija de Alce Risueño? —preguntó Angélica.

—Sí. Soy su hermana, Alce Parado. ¿Hay alguna forma de que los niños conserven sus nombres? ¿Tienen que cambiar sus nombres con su padre?

—No lo sé, pero lo averiguaré —le sonrió a Alce Permanente—. Te avisaré en cuanto sepa algo.

—Gracias —dijo Pequeño Alce, tímidamente. Las mujeres tomaron su paquete y salieron de la galería.

*Luna Andante, te necesito*, pensó Angélica.

—Te veré en tu casa después del trabajo —respondió Luna Andante en la mente de Angélica.

Angélica miró a su alrededor sobresaltada. Sacudió la cabeza. Ahora estaba escuchando cosas.

Pronto estuvo ocupada. Tuvo un flujo constante de clientes durante toda la mañana. A las 12:30, Melanie vino a relevarla.

—Lo has hecho muy bien. Cada vez que me asomé por aquí, estabas ocupada. Supongo que todos querían ver a la nueva chica. Nos vemos mañana. Que descanses bien. Melanie la acompañó hasta la puerta trasera y la dejó salir. Cerró la puerta tras ella.

Angélica condujo hasta su casa. Estaba cansada, pero se sentía bien. Estaba contenta con todo lo que había conseguido. No se sorprendió al ver a Luna Andante esperando en el columpio del porche. Angélica se apresuró a bajar del vehículo al porche. Le dio un abrazo a Luna Andante y se sentó a su lado.

—Dime qué es tan urgente —dijo Luna Andante.

—¿Tendrán que cambiarse el nombre la hija y el hijo de Comadreja Rayada para coincidir con el nombre de su padre?

Luna Andante se quedó pensativa.

—¿Conociste a la hija de Comadreja Rayada? —preguntó.

—Sí, estaba muy disgustada.

Luna Andante suspiró.

—No hay necesidad de que se altere. Hablaré con ella. Los nombres de los niños no se cambiarán. El cambio de nombre de Comadreja Despojada no es permanente. Fue para darle una lección. El consejo pensó que tendría más impacto si no sabía que sólo duraba tres meses.

Angélica sonrió. Dio un gran suspiro de alivio.

—Me alegro. Estoy muy contenta. No quiero que nadie más sea infeliz.

# CAPÍTULO OCHO

Angélica miró a Luna Andante inquisitivamente. Luna Andante le devolvió la mirada y sonrió.

—¿Pasa algo? —preguntó.

—Bueno, sólo me preguntaba algo —respondió Angélica.

—¿De qué se trata? —preguntó Luna Andante, con paciencia.

—Cuando estaba en la galería, después de hablar con la hija de Alce Risueño, estaba pensando en que necesitaba hablar contigo. Me pareció oír que me respondías en mi cabeza —Angélica hizo una pausa y miró expectante a Luna Andante.

Luna Andante le sonrió a Angélica.

—Por supuesto que me has oído, igual que yo te he oído a ti cuando me has llamado. Siempre he tenido esta habilidad y parece que tú también la tienes. Puedes oír a otras personas con la práctica. Es algo muy conveniente —Luna Andante le sonrió a Angélica y le dio unas suaves palmaditas en la mano.

—No sé si quiero escuchar los pensamientos de otras personas, excepto quizá los de Alex. Estaría bien poder comunicarme con él de esa manera —Angélica negó con la cabeza, pensativa.

Luna Andante rio suavemente.

—Sí —estuvo de acuerdo—. Poder escuchar la voz de un amante es muy agradable.

Angélica pareció sorprendida.

—No somos amantes —protestó.

Luna Andante volvió a darle una palmadita en la mano y sonrió.

—Lo serán —le aseguró a Angélica. Se dirigió hacia la puerta.

Cuando Angélica superó su asombro ante la última declaración de Luna Andante, se apresuró a acompañarla a la salida y a despedirse de ella.

Angélica llamó a Alex en cuanto Luna Andante se fue. Había prometido llamarle cuando saliera del trabajo, pero había querido hablar primero con Luna Andante.

—Hola —respondió Alex.

—Hola —dijo Angélica.

—¿Acabas de salir del trabajo? —preguntó Alex.

—No, necesitaba hablar con Luna Andante. Me estaba esperando cuando llegué a casa —Angélica se detuvo un momento, esperando que Alex hablara.

—¿Aún estás bien para salir? ¿No estás demasiado cansada? —Alex hizo una pausa. Esperaba la respuesta de Angélica.

—No estoy cansada en absoluto. Estoy deseando verte —aseguró Angélica a Alex.

Alex dio un suspiro de alivio.

—Te he echado de menos. Parece que ha pasado una eternidad desde que te tuve en mis brazos. Llegaré en unos veinte minutos. Tengo que revisar a un paciente más y luego estaré allí.

Angélica sonrió.

—Te espero —colgó el teléfono y se apresuró a cambiarse la ropa de trabajo.

Cuando Alex llegó, Angélica se apresuró a abrirle la puerta. Se acurrucó en sus brazos y él la acercó y la besó. Ella profundizó el beso y le devolvió el beso. Finalmente, Angélica se retiró y respiró profundamente. Alex la abrazó con fuerza y trató de controlar · también su respiración. Se inclinó ligeramente hacia atrás y la miró,

—Estás muy bella —susurró. Volvió a acercarla—. ¿Tienes idea de qué tipo de comida te gustaría tomar esta noche?

—No me importa —respondió Angélica—. Sólo quiero compartirlo contigo.

—Hay un café en la reserva. Sirve auténtica cocina india —Alex le sonrió a la cara y se inclinó para darle otro breve beso.

Angélica suspiró.

—Me parece una buena idea. Hace veinte años que no pruebo la auténtica comida india, —dijo riendo.

Alex se rio con ella.

—De acuerdo —aceptó—. Vamos a ver qué se está cocinando.

La apartó de sus brazos de mala gana y la guió hasta el coche. No estaba muy lejos de la cafetería. El aparcamiento tenía una buena cantidad de coches, pero no estaba abarrotado. Alex encontró un buen sitio para aparcar y ayudó a Angélica a salir del coche. La tomó de la mano mientras la guiaba hacia el café. La gente que se sentaba en las mesas saludaba mucho. Alex saludó y asintió a la mayoría de la gente, pero no se detuvo a hablar mientras guiaba a Angélica a una mesa. Se sentaron y esperaron mientras la camarera tomaba su pedido y se apresuraba a traer sus bebidas.

—¿Cómo fue tu primer día de trabajo? —preguntó Alex.

—Fue divertido —dijo Angélica, emocionada—. Aprendí mucho. Todo el mundo fue muy amable conmigo. Estoy muy contenta de haber encontrado el trabajo. Es perfecto para mí.

Alex sonrió ante su entusiasmo.

—Creo que tú también eres perfecta para el trabajo —coincidió él.

Se sentaron, mirándose a los ojos, hasta que les interrumpió la camarera con la comida. Todos parecían intuir que querían estar solos, así que no se molestaron. Disfrutaron de la comida y del otro. Angélica miró su reloj. Dio un suspiro al ver el tiempo que llevaban sentados, comiendo y hablando.

—Vamos a tener que irnos. Necesito dormir un poco para poder levantarme por la mañana. No quiero volver a apagar el despertador —rio suavemente.

—Sí —coincidió Alex—. Sé que necesitas descansar, pero no me importa ser tu despertador. Empieza mejor mi día, sólo con hablar contigo —le apretó la mano y la miró profundamente a los ojos.

Alex se levantó y puso algo de dinero en la mesa antes de rodearla para ayudar a Angélica a levantarse. Sonrieron y saludaron a algunas personas mientras se marchaban, pero no se entretuvieron en hablar. Tras una sesión de besos en el portal de Angélica, Alex se despidió de mala gana y se marchó. Angélica abrazó con fuerza sus sentimientos y subió a prepararse para la cama. El teléfono sonó cuando estaba acostada.

—Hola, Alex —contestó.

—¿Cómo sabías que era yo? —preguntó Alex.

—¿Quién más podría ser? —preguntó ella. Sonrió ligeramente.

—Sólo quería darte las buenas noches —respondió Alex.

—Buenas noches, Alex —susurró ella—. Echo de menos tus brazos a mi alrededor.

—Yo también —dijo Alex—. Te llamaré por la mañana. Buenas noches.

Ambos, de mala gana, colgaron y se volvieron para intentar dormir.

~

Los días siguientes fueron muy ajetreados para Angélica, pero disfrutó mucho de su trabajo. Melanie confiaba más en ella y empezó a tomarse un tiempo libre para trabajar en los preparativos de la boda de Valerie y Marcus. Se acercaba el momento de la boda y todos se emocionaban. Angélica se ofreció a ayudar, pero Melanie le aseguró que, al mantener todo en marcha en la galería, estaba siendo de gran ayuda.

Angélica y Alex pasaban todos los momentos que podían juntos. Cuando Alex salía del hospital, lo primero que hacía era llamar a Angélica. Pasaron mucho tiempo en la casa de Alex y en la de Angélica. Querían estar solos para conocerse mejor. Las sesiones de besuqueo eran a veces calientes y pesadas. Otras veces se sentaban en el sofá y se abrazaban mientras hablaban.

Luna Andante pasó varias veces por la casa de Angélica. Ella y Angélica estaban trabajando en los detalles de un nuevo complejo deportivo para que los jóvenes lo utilizaran durante y después de la escuela.

El proyecto iba bien, y Angélica estaba muy contenta. Iba a estar dedicado a su madre y se iba a llamar "Complejo Deportivo Estrella Radiante".

Por fin, los planos del complejo estaban listos y la colocación de la primera piedra era dentro de dos días. Alex se iba a tomar el día libre del hospital para estar allí, y Angélica le dijo a Melanie que necesitaba el día libre para asistir. Angélica se sorprendió cuando Melanie y Frank decidieron asistir a la inauguración.

—Ustedes son parte de nuestra familia —dijo Melanie—. Por supuesto que estaremos allí —le dio un abrazo a Angélica—. Es estupendo poder ayudar a los jóvenes. Sé que tu madre estaría muy orgullosa de tener su nombre en el nuevo complejo.

—Yo también lo creo —dijo Angélica. Tenía los ojos llorosos de tanto contener las lágrimas.

Melanie le dio otro abrazo y se apresuró a trabajar en los planes de la boda.

Angélica sonrió y se volvió para ayudar a un cliente.

# CAPÍTULO NUEVE

Llegó el día de la inauguración. Los ancianos de la tribu estaban allí, así como el alcalde y el consejo municipal de Rolling Fork. El periódico estaba representado y había mucha gente de la comunidad. Los abuelos de Angélica, su tía y muchos de sus primos estaban allí. Cuando Angélica y Alex llegaron, se dirigieron al lugar de la excavación. Alguien le dio a Angélica una pala. Ella la miró y, luego, miró a Alex.

Alex sonrió.

—Las primeras paladas de tierra son simbólicas.

Todos miraban a Angélica como si esperaran que dijera algo. Luna Andante se acercó y le dio unas palmaditas en el hombro para animarla. Angélica se aclaró la garganta.

—Hola a todos, quiero daros las gracias por estar aquí hoy para apoyar la construcción del Complejo Deportivo Estrella Radiante. Sé que mi madre estaría muy orgullosa de ver algo, para ayudar a los jóvenes, que lleva su nombre. Así que, en nombre de Estrella Brillante y de toda la comunidad nativa, voy a dar la primera palada de tierra.

Angélica metió su pala y lanzó la primera. Los demás, que estaban alrededor, añadieron rápidamente sus palas de tierra al lugar. Todos empezaron a acercarse, a estrechar la mano de Angélica y a darle las gracias por ayudar a la comunidad.

Angélica sonrió a todos y les agradeció su presencia. Cuando Frank y Melanie se acercaron, los abrazó y les agradeció su presencia. Se alegró al ver que la multitud se iba despejando. Se volvió hacia Alex y Luna Andante y sonrió.

—¿Estaría bien que nos fuéramos ya? —preguntó.

Luna Andante le apretó la mano y aceptó que se fueran. Los tres empezaron a caminar hacia el coche de Alex. Cuando llegaron al coche, Luna Andante dijo que tenía que ocuparse de algo y los dejó. Les dio un abrazo a Angélica y a Alex al salir.

—Creo que Luna Andante aprueba que estemos juntos —dijo Alex—. Se ve muy satisfecha de sí misma.

—Está contenta con el nuevo complejo. Se preocupa por los jóvenes de la reserva. La vida puede ser dura para ellos, a veces —dijo Angélica.

—Sí, lo sé —coincidió Alex—. Aun así, creo que se alegra de vernos juntos.

—Yo también —dijo Angélica—. Estoy muy contenta de que nos hayamos encontrado.

—Y yo —coincidió Alex. Tomó la mano de Angélica y la apretó—. Tienes el resto del día libre. ¿Te gustaría probar el restaurante Bantam Rooster en el centro comercial?

—Eso suena divertido —aceptó Angélica—. Nunca he estado allí, pero escuché a unas chicas hablar de él cuando estaban comprando en la galería. Tenían cosas buenas que decir sobre el restaurante.

—Es un sitio bonito —coincidió Alex—. Vamos a comprobarlo.

Entró en el aparcamiento del centro comercial y encontró un lugar para aparcar cerca del restaurante. Ayudó a Angélica a salir del coche y la abrazó mientras entraban en el restaurante. Alex localizó una mesa vacía junto a una ventana y condujo a Angélica hasta ella.

Acababan de sentarse cuando la camarera se acercó a su mesa.

—Hola, Dr. Steel. ¿Qué desea? —preguntó.

—Hola, Dianne. Vamos a tomar un poco de gumbo y té helado. ¿Te parece bien? —preguntó él, dirigiéndose a Angélica.

—Sí, quería probar la sopa de remolacha desde que oí hablar de ella —aceptó Angélica.

—Enseguida —dijo la camarera, mientras se iba a por su pedido.

La camarera volvió en poco tiempo. Tenía una bandeja con dos grandes cuencos de gumbo y dos vasos de té.

—Disfruten de su comida —dijo, mientras se iba.

—Gracias. Lo haremos —dijo Alex, mientras él y Angélica empezaban a comer su gumbo.

—Oh, esto es bueno —dijo Angélica, saboreando el sabor del gumbo.

—Sí, lo está —coincidió Alex, mientras se zampaba su propio bol. No hablaron mucho mientras saboreaban la comida.

Angélica se sentó con un suspiro.

—No podría comer otro bocado —dijo—. Estaba tan bueno. Me he convertido en un cerdo —soltó una pequeña carcajada.

Alex sonrió con ella. También se recostó en su silla.

—Sé lo que quieres decir. Estoy lleno. Una de las razones por las que no vengo aquí muy a menudo es que no quiero dejar de comer. A veces hay una larga cola de gente esperando para entrar aquí. El gumbo es muy popular —contestó Alex.

—Ya veo por qué —coincidió Angélica.

—¿Estás lista para irte? Podemos pasear por el centro comercial y dejar que la comida se asiente —dijo Alex.

—Me gusta pasear por el centro comercial —dijo Angélica, entusiasmada.

Alex puso algo de dinero en la mesa y tomó la mano de Angélica. Dieron un paseo por el centro comercial, mirando los expositores y estudiando las diferentes tiendas. Había bastantes tiendas que Angélica no había visto nunca.

—Todavía tengo mucho que aprender sobre este tiempo —comentó.

—Ya llegará. No hay prisa —le aseguró Alex—. Estoy aquí para ti siempre que necesites ayuda o no entiendas algo.

Angélica se acurrucó más cerca de Alex. Se sentía tan segura cuando él estaba cerca.

Caminaron un rato más y, luego, decidieron ir a casa de Angélica a ver una película.

Cuando llegaron a la casa de Angélica, ésta fue a reventar unas palomitas y a buscar un té helado. Alex fue a por una bolsa de películas que trajo de casa y empezó a mirarlas. Cuando Angélica entró con las palomitas y el té, miró con curiosidad las películas. Alex tenía algunas de ellas extendidas en la mesa frente al sofá.

Angélica sonrió ante la colección.

—Debes ver muchas películas —dijo.

—Algunas —dijo Alex—. Llevo años coleccionándolas. ¿Hay algo en particular que te guste ver?

Angélica sentó las palomitas y el té y empezó a revisar la pila de películas de Alex. Alex metió la mano en el gran bol de palomitas y se sirvió un puñado.

—Mmm, esto está bueno —dijo mientras lo saboreaba.

Angélica sonrió y le entregó una película.

—Creo que esta puede ser buena —dijo Angélica.

Alex miró la película que Angélica le tendía. Era *La princesa prometida*.

—Está bien —aceptó.

Alex puso el disco en el reproductor y encendió la televisión. Volvió al sofá y se sentó junto a Angélica. Acomodó las palomitas y el té donde cada uno podía alcanzarlo todo, luego, se acomodó en el sofá, rodeando con su brazo a Angélica, y puso la película.

Cuando la película llegó a su fin, Angélica se recostó más cerca de Alex y suspiró.

—Me ha gustado mucho la película —le dijo a Alex.

—Me di cuenta —dijo él, riendo—. Pensé que un par de veces ibas a empezar a decirles a los actores que se dejaran de tonterías y se pusieran manos a la obra.

Angélica se rio.

—Puedo ponerme muy emotiva con mis películas.

—No me importa —dijo Alex—. Me gusta verte emocional. Es refrescante. Muchas chicas de hoy en día ocultan sus sentimientos. No sabes lo que sienten o piensan.

—Bueno —dijo Angélica—. Puede que oculte mis sentimientos a otras personas, pero nunca a ti.

Alex se inclinó para darle un beso. Angélica estaba preparada para este beso. Hacía tiempo que lo esperaba. Se acurrucó más y le devolvió el beso. Se besaron durante varios minutos. Sólo se detuvieron brevemente para respirar. Estaban empezando a besarse de nuevo cuando sonó el localizador de Alex.

Alex se echó hacia atrás con un suspiro. Apoyó su frente en la de Angélica durante un minuto.

—Tengo que registrarme. El hospital no me llamaría si no fuera importante —dijo con un suspiro.

—Lo sé —dijo Angélica.

Alex sacó su móvil y llamó al hospital. Después de hablar con ellos, colgó y acercó a Angélica.

—Ha habido un grave accidente en la autopista. Unos adolescentes estaban haciendo una carrera de aceleración y se ha producido un accidente. El hospital está llamando a todo el mundo. Tengo que irme —Alex odiaba dejar a Angélica.

—Por supuesto que sí. Llámame cuando puedas y ve a salvar algunas vidas —instó Angélica a Alex hacia la puerta. Se inclinó para darle otro beso mientras él se iba.

Angélica se apoyó en la puerta principal cerrada. Suspiró. *Esta es la vida de un médico importante*, pensó. Oh, bueno, Alex merecía todas las interrupciones. Fue a limpiar el salón y a ordenar la película.

# CAPÍTULO DIEZ

l día siguiente, Angélica estaba mirando por el escaparate de la galería cuando un coche con chófer se detuvo frente a la tienda. El chófer bajó del automóvil y se apresuró a abrir la puerta trasera. La otra puerta trasera se abrió como si la persona estuviera impaciente por esperar. Una mujer mayor se bajó del lado con el chófer, y una mujer y un hombre jóvenes se bajaron solos.

La mujer mayor habló brevemente con el chófer y éste se volvió para marcharse. Luego, los tres se dieron la vuelta y empezaron a caminar hacia la galería.

Los dos más jóvenes iban tomados de la mano y caminaban cerca el uno del otro. Era como si no pudieran soportar no tocarse. La joven sonrió al hombre. Era hermoso verlo. Angélica podía ver lo enamorados que estaban estos dos.

La joven sonrió al entrar en la galería y miró a su alrededor.

—¿Dónde están todos? —preguntó.

—Melanie y Cindy están trabajando en la sala de atrás —dijo Angélica.

Antes de que nadie pudiera decir nada más, Melanie y Cindy salieron de la trastienda.

—¡Valerie! —exclamó Melanie. Se apresuró a darle un abrazo a su hija y a Marcus. Melanie se dirigió entonces a la señora mayor y la abrazó también.

—Emily, me alegro mucho de que te hayan traído —dijo.

Valerie se rio.

—En realidad, nos trajo ella en su limusina.

Melanie se rio.

—Bueno, me alegro de que estén todos aquí. Sólo nos quedan dos semanas para la boda y me vendría bien su aportación en los preparativos.

—Mamá, sé que tienes todo en un orden fabuloso. No estoy preocupada por eso. Sólo quería veros a ti y a papá. ¿Dónde está papá? —preguntó ella.

—Está en su despacho. Iré a buscarlo. Antes de irme, quiero que conozcas a Angélica. Se ha convertido en un miembro importante de la familia de la galería. Hablen mientras voy a buscar a su padre —dijo Melanie. Valerie se acercó a Angélica y la abrazó. Sorprendida, Angélica le devolvió el abrazo.

—Muchas gracias. Estoy muy contenta de que estés trabajando aquí para que mamá tenga tiempo de trabajar en mi boda. Me preocupaba que se hubiera excedido. Me ha dicho que has sido de gran ayuda —dijo Valerie con seriedad.

—Me gusta trabajar aquí. Todo el mundo es muy amable conmigo —dijo Angélica.

—Pues claro que lo son. Les encanta tenerte cerca. Encajas perfectamente —le aseguró Valerie.

—Valerie —llamó Frank al salir de su despacho.

—Hola, papá —dijo Valerie, adelantándose para darle un abrazo a su padre.

Marcus se adelantó para estrechar la mano de Frank y saludarlo. Frank vio a Emily y fue a saludarla también.

—Hola, Emily —dijo Frank—. ¿Qué te parece tu estadía en Denton?

—Me gusta —afirmó Emily—. He conocido a gente muy agradable. Me han hecho sentir como en casa. Dana me ayudó a encontrar una casa. Es un lugar encantador. En cuanto me instale, pienso invitaros a ti y a Melanie a visitarme.

—A Melanie le gustaría eso. Sé que echa de menos pasar tiempo contigo —dijo Frank mientras se volvía hacia Valerie.

—¿Cuánto tiempo te vas a quedar? —preguntó Frank.

—Vamos a pasar la noche aquí. Marcus sólo tiene un par de días libres —Valerie le sonrió a Marcus y le apretó la mano. Marcus le devolvió la sonrisa y la acercó a su lado.

Melanie entró desde la habitación de atrás. Llevaba una pila de libros en los brazos. Se acercó a Valerie y a Marcus.

—¿Quieren verlos aquí o ir a otro lugar para verlos? Podríamos ir a la cafetería a tomar un café y un bollo mientras ven lo que he organizado —Melanie estaba decidida a hacer que Valerie y Marcus vieran lo que había organizado.

Valerie se rio.

—De acuerdo, mamá. Adelante —Valerie, Marcus, Emily y Frank siguieron a Melanie por la puerta y cruzaron la calle hasta la cafetería.

Angélica sonrió al verlos partir. Todos estaban

disfrutando de la planificación y la emoción de la boda. Entró un cliente, y Angélica volvió al trabajo. Le gustaba mucho trabajar en la galería.

El grupo se acomodó alrededor de una gran mesa. Había mucho espacio para que Melanie extendiera sus libros y le mostrara a Valerie y a Marcus los arreglos que había hecho. Emily se inclinó hacia ellos y los estudió. Frank se sentó y sonrió con indulgencia. Valerie sonreía alrededor de la mesa a todos. Estaba tan feliz y tan enamorada. Apretó la mano de Marcus y le sonrió. Marcus le devolvió el apretón y también sonrió.

—¿Te gustan estas flores? —preguntó Melanie—. Hay un montón de colores primaverales y pensé que iban muy bien con tu combinación de colores.

—Me encantan —dijo Valerie—. Van a ir con todo y se ven brillantes y alegres. ¿No te parece, Marcus? —Valerie se giró para conocer la opinión de Marcus.

—Me encantan —dijo Marcus—. ¿Son para decorar la iglesia?

—Algunos son para la iglesia y otros para el club de campo. He pedido muchos —dijo Melanie.

—Son geniales, mamá. ¿En qué pastel estabas pensando? —preguntó Valerie. Se estaba interesando muy a su pesar.

—El pastel del novio es de chocolate marmolado con un pequeño doctor sosteniendo un maletín de médico en la parte superior —dijo Melanie.

—Oh, me encanta —dijo Valerie mientras Emily sonreía y asentía.

—La tarta nupcial tiene cuatro pisos. Tiene flores alrededor y los novios encima. La capa superior es de especias. La segunda capa es de naranja. La tercera capa es de caramelo y la inferior de piña —dijo Melanie.

—Guau —dijo Valerie—. Con todas esas flores encima, tiene un aspecto precioso. Esos sabores suenan muy bien. Estoy deseando probarlo.

Marcus asintió, sonriendo.

—Te has superado, Melanie —dijo Emily—. Esa tarta parece una maravilla de sabor. Melanie se sonrojó de placer ante todos sus elogios.

—Le dije que no había nada de qué preocuparse. Sabía que te encantarían todos sus arreglos —dijo Frank.

—Me alegro de que estés aquí para revisarlos y de que puedas aprobarlo todo —dijo Melanie.

—Lo apruebo absolutamente todo —dijo Valerie —. Has hecho un gran trabajo.

—¿Han encontrado un lugar para pasar la noche? —preguntó Frank.

—Podemos registrarnos en la pensión —dijo Emily.

—Tonterías —dijo Melanie—. Tenemos mucho espacio. Pueden quedarse todos en la casa.

—No queremos ser una molestia —dijo Marcus.

—No es ninguna molestia y está todo arreglado. No aceptaré un "no" como respuesta —afirmó Melanie.

—Sí, señora —aceptó Marcus con una sonrisa.

Melanie se acercó y le dio una palmadita en la mano.

—Vamos a avisar a las chicas y nos dirigiremos a la casa para que se acomoden —dijo Melanie con su voz de mando. Todas siguieron a Melanie y se dirigieron a la galería. Emily llamó a su chófer para que viniera a recogerlas. Melanie le explicó a Angélica que se iban y le dijo que, si tenía algún problema, Cindy estaría allí.

—Estaremos bien. No te preocupes —dijo Cindy—. Disfruten todos de su visita.

—Ha sido un placer conocerte, Angélica —llamó Valerie mientras salían por la puerta. Todos charlaban entre sí. Valerie y Marcus se mantuvieron cerca el uno del otro. Estaban tan enamorados que tenían que estar en contacto físico.

Angélica los vio salir y suspiró.

Cindy la miró.

—Son muy inspiradores —dijo—. También lo son tú y Alex.

Angélica se sonrojó ligeramente.

—Alex y yo todavía nos estamos conociendo —dijo.

—Bueno, buena suerte a los dos. Sólo espero tener algún día lo que tú y Valerie han encontrado. Es muy raro y precioso —Cindy se dio la vuelta y se fue a la habitación de atrás.

Angélica se quedó mirando tras ella, pensativa.

# CAPÍTULO ONCE

Faltaban diez minutos para la hora de cierre, una semana después, cuando el timbre de la puerta emitió un bonito tintineo. Angélica levantó la vista con una sonrisa. Se sorprendió al ver entrar a Comadreja Rayada. Comadreja Rayada se acercó al mostrador y le dedicó una sonrisa vacilante.

—Hola, Comadreja Rayada —dijo Angélica—. Me alegro de verte.

—Hola, Pequeña Flor —dijo Comadreja Rayada —. Espero que no te importe que haya venido.

—Me alegro mucho de que hayas venido. Siempre nos he considerado amigos —contestó Angélica—. ¿En qué puedo ayudarte?

—Sé que es presuntuoso que lo pida, pero no sabía a quién más acudir —la Comadreja Rayada parecía muy incómoda.

—Dime en qué puedo ayudarte —dijo Angélica.

—¿Te acuerdas de Rose Blossom? Su familia es vecina de la mía, y Rose estaba en el mismo curso que tú y yo en la escuela —se detuvo Comadreja Rayada y miró a Angélica inquisitivamente.

Angélica se quedó pensando un momento.

—Sí, me acuerdo de Rose. No éramos muy amigas, pero nos llevábamos bien.

—Rose se casó con un hombre llamado Gary Long. Era blanco y vivían aquí en la ciudad. Eran muy felices y tenían dos hijos. Yo era amigo de ambos. Gary trabajaba como camarero y, hace seis meses, hubo una pelea en el bar donde trabajaba. Alguien lanzó una botella y le dio a Gary en la cabeza. Murió al instante.

—Qué horror —exclamó Angélica.

—Sí, lo fue, sobre todo para Rose y los niños. No tenían mucho seguro y se utilizó sobre todo para el entierro.

—¿Por qué me lo cuentas? —preguntó Angélica.

—Porque cuando el hijo de Rose, Cole, estaba visitando a sus abuelos hace unos días, lo vi afuera. Parecía muy deprimido. Me acerqué y me senté a hablar con él. Me llevó un rato, pero finalmente me contó lo que pasaba. Parece que a Rose le cuesta pagar el alquiler de la pequeña casa en la que viven. El propietario la está acosando. Se llevó su automóvil por dos meses de alquiler. Y Cole escuchó al arrendador diciéndole a Rose que podía pagar el alquiler con favores sexuales. Ella lo rechazó, pero Cole está preocupado por su madre. Sólo tiene doce años y estaba hablando de dejar la escuela y conseguir un trabajo para ayudarla —la Comadreja Rayada se detuvo para respirar.

—Dame su dirección. Iré a hablar con ella —Angélica le dio a Comadreja Rayada un papel y un bolígrafo para que pudiera anotar la dirección.

Comadreja Rayada escribió en el papel y se lo

devolvió a Angélica. Angélica miró la dirección y volvió a mirar a Comadreja Rayada.

—Este no es un buen sector de la ciudad. Creo que será mejor que lleve a alguien conmigo cuando vaya a verla —dijo Angélica, pensativa.

Angélica tomó su teléfono y llamó a Alex al hospital.

—Hola, amor —dijo Alex.

—Hola, Alex —Angélica sonrió—. ¿Qué te parece si nos detenemos a ver a un viejo amigo mío antes de ir a comer? —preguntó.

—Me encantaría —dijo Alex—. ¿Quieres ir a casa primero?

—No, si me recoges en la galería, podemos hacer nuestra parada y volver más tarde a buscar mi auto —Angélica colgó el teléfono y comenzó a cerrar para poder irse.

—Ya te contaré lo que pasa —le dijo a Comadreja Rayada mientras le dejaba salir de la tienda.

Angélica acababa de cerrar cuando Alex llamó a la puerta. Se apresuró a dejarle entrar. Alex la acercó y se inclinó para darle un beso. Angélica lo abrazó y le devolvió el beso. Alex se apartó y la miró con cariño.

—¿Dónde vamos a visitar a ese amigo tuyo? —le preguntó.

Angélica le informó de lo que sabía mientras se dirigían a la casa de Rose.

Alex frunció el ceño al oír cómo trataban a Rose.

—Muchas de nuestras chicas se meten en malas situaciones cuando salen de la reserva. ¿Tienes alguna idea para ayudarla? —preguntó.

—Tengo una idea, pero primero quiero ver y hablar con ella —dijo Angélica.

Alex se detuvo frente a una casa en mal estado. El

patio estaba bien cuidado, pero nada impedía que tuviera un aspecto miserable. Había un chico joven sentado en el escalón del porche. Alex le hizo un gesto para que se acercara.

—Hola, soy el Dr. Steele —le ofreció la mano al chico.

—Cole Long —dijo el chico estrechando su mano.

—Bueno, Cole, ¿crees que podrías vigilar mi automóvil mientras hablamos con tu madre? Te pagaré cinco dólares.

Cole lo miró detenidamente.

—Vigilaré tu auto. No tienes que pagarme.

Cole los condujo por las escaleras hasta la puerta principal. Abrió la puerta y metió la cabeza en la habitación.

—Mamá —llamó—. Tienes compañía.

—Ahora mismo voy —respondió una voz.

Rose entró en la habitación y se detuvo bruscamente al ver a Angélica y a Alex.

—Hola, Rose. No sé si te acuerdas de mí —dijo Angélica.

—Me acuerdo de ti —dijo Rose con una sonrisa—. Bienvenida a casa. Hola, Dr. Steele.

—Hola, Rose —respondió Alex.

Rose los miró inquisitivamente a los dos.

—¿Por qué han venido a verme? —preguntó.

—Comadreja Rayada me contó lo de su marido. Lamento mucho su pérdida —dijo Angélica en una pausa. No estaba segura de cómo proceder.

Llamaron a la puerta. Rose fue a ver quién estaba allí. Sólo abrió la puerta un poco. La persona que estaba fuera no podía ver a Alex ni a Angélica.

—Bueno, Rose, ¿has pensado en mi propuesta? —preguntó.

—La respuesta es "no". Igual que antes, señor Clark —respondió Rose.

—Tal y como yo lo veo, no tienes elección. Si quieres seguir viviendo aquí —dijo el señor Clark—. ¿Quieres ver a tus hijos viviendo en la calle?

Angélica ya había oído suficiente. Se acercó, abrió la puerta y miró al señor Clark.

—Hola, señor Clark —Angélica le dedicó su sonrisa más arrogante.

—Señorita Black —tartamudeó el señor Clark—. No sabía que estaba usted aquí.

—Si este es un ejemplo de su cobro de renta, creo que debe buscar otro trabajo, uno más adecuado a su personalidad. ¿Tiene algún otro asunto que discutir con mi ama de llaves?

Miró de uno a otro como si estuviera atrapado y no supiera qué camino tomar. Finalmente, miró a Rose.

—¿Te estás mudando? —le preguntó.

—Sí, señor Clark. Rose se está mudando. Estará fuera el lunes. Si se toca algo de ella, la policía vendrá a investigarlo. ¿Nos entendemos?

—Sí, señorita Black.

El Sr. Clark se dio la vuelta e hizo una rápida salida.

Angélica se volvió hacia Rose.

—Siento no haber podido preguntarte antes. Quieres ser mi ama de llaves, ¿no? El trabajo viene con una pequeña casa... Tiene dos habitaciones y un altillo que se puede utilizar como dormitorio para Cole. Es la casa de un guardián del suelo. Tengo tres de ellos. Tengo una casa grande y voy a contratar más ayuda. No espero que te ocupes de todo tú sola.

Entonces, ¿qué te parece? ¿Quieres trabajar para mí?
—Angélica hizo una pausa para respirar.

Rose se rio.

—Sí, me encantaría trabajar para ti.

Angélica sonrió.

—Será estupendo teneros a ti y a tus hijos cerca.

Rose parecía preocupada.

—¿Qué sucede? —preguntó Angélica.

—Es mi amiga, que vive un par de casas más abajo. Ha tenido un problema similar con el señor Clark. Su marido la dejó por una mujer más joven. Ella ha estado luchando para cuidar de sus dos hijos. Ella y yo nos cuidamos mutuamente. Dijo que iba a contratar ayuda extra. ¿Podría probarla y ver si le conviene?

—Dile que se pase por la galería el lunes y que hable conmigo. Veré lo que puedo hacer. Ahora, tú y tus hijos tomen lo que quieran llevarse. Volveremos a por el resto más tarde. Su casa está completamente amueblada. Te llevaremos allí y te instalaremos. Tengo que pasar por la galería a buscar mi auto y, luego, te mostraremos tu nuevo hogar.

Alex salió a vigilar su vehículo mientras Cole entraba a buscar sus cosas.

Angélica salió para hablar con él.

—No te importa ayudar, ¿verdad? —le preguntó.

Alex se acercó y tiró de ella.

—No me importa en absoluto. Estoy muy orgulloso de ti —dijo.

Angélica pareció sorprendida.

—Me alegro de poder ayudar. Hay que hacer algo con el señor Clark.

—Estoy de acuerdo —dijo Alex—. Es hora de que

aprenda a mantener cerrada la cremallera de los pantalones.

Angélica se rio ante su inesperada franqueza.

—Lo siento —dijo Alex—. Odio cuando la gente se aprovecha de aquellos sobre los que tiene autoridad.

Angélica le abrazó el brazo.

—Lo sé. Tendré que pensar qué se puede hacer.

Se giraron cuando Rose y sus dos hijos salieron por la puerta. Cada uno llevaba una funda de almohada rellena con sus cosas. Alex abrió su baúl y metieron las fundas de almohada en el coche. Luego, abrió la puerta trasera de su coche y la sostuvo mientras Rose, Cole y May subían.

Angélica les guió desde la galería. En lugar de seguir el camino hasta su casa, giró a la derecha y siguió la carretera hasta pasar el garaje. Después de pasar la cochera había un pequeño huerto y, entre la cochera y el huerto, había tres casas. Angélica se detuvo frente a la primera casa. Angélica salió del coche y fue a saludar a Luna Andante, que estaba esperando delante de la casa. Mientras le daba un abrazo a Luna Andante, Rose y sus hijos salieron del coche de Alex y se quedaron mirando a su alrededor.

A Rose se le llenaron los ojos de lágrimas mientras miraba la acogedora casita con sus jardineras y sus coloridos postigos. Angélica abrió la puerta y le indicó que entrara mientras Alex y Cole iban a traer sus cosas. Rose saludó a Luna Andante y siguió a Angélica al interior. Alex y Cole entraron con sus cosas, y Angélica les mostró dónde poner las fundas de las almohadas. Rose y May los siguieron. Estaban tan asombrados de todo, que apenas dijeron una palabra. El dormitorio más grande era para Rose.

Pusieron a May en el dormitorio más pequeño, junto a Rose. Todos subieron las escaleras para ver el dormitorio del desván. Era una habitación grande y espaciosa con dos camas individuales y una cómoda. El suelo era de madera, pero había una gran alfombra entre las dos camas. Cole tenía una sonrisa tan grande en la cara que los hacía felices a todos, simplemente con mirarlo.

Dejaron a Cole en el desván para que se instalara y volvieron a bajar las escaleras. Angélica los condujo a la cocina y les mostró la nevera bien surtida, gracias a Luna Andante.

Angélica le mostró a Rose el teléfono y la lista de números en un bloc junto al teléfono.

—Si necesitan algo, sólo tienen que llamarme —dijo—. Hay un coche que puedes utilizar. Tendré que pedirte la llave —abrió su bolso y sacó cinco billetes de cien dólares. Se los dio a Rose.

—Este es tu primer salario de dos semanas. Cualquier comida o cualquier otra cosa que necesites para la casa, sólo pide a todos que me envíen la factura.

—¿Cuándo empiezo a trabajar? —preguntó Rose.

—La semana que viene, cuando termines la mudanza. Puedes empezar entonces. Estaré en casa el martes, así que, si te pasas por la casa, te la enseñaré. Tendrás que inscribir a los niños en la escuela el lunes —le entregó dos billetes más—. Esto es para comprarles a los niños unos uniformes. Ahora tienen que ir vestidos de uniforme a la escuela.

Angélica la acompañó hasta la puerta. Después de despedirse de Rose y May, ella, Alex y Luna Andante dejaron que la familia Long se instalara en su nuevo hogar.

Fuera, Angélica se dirigió a Luna Andante.

—Gracias por la comida. Me alegro de no tener que ir a comprar esta noche.

—Me alegra haber ayudado. Gracias por ayudar a una de nuestras familias que necesitaba ayuda. El joven Cole va a ser una bendición en el futuro —Luna Andante se despidió de los dos y se fue.

Angélica y Alex se sonrieron mutuamente ante la enigmática declaración de Luna Andante.

—Vamos a casa —dijo Angélica.

Alex estuvo de acuerdo y se subieron a sus automóviles para dirigirse a la casa principal.

# CAPÍTULO DOCE

Dejaron el coche de Angélica en su casa. Alex lo metió en el garaje mientras ella iba a refrescarse antes de salir a comer.

Alex la estaba esperando cuando Angélica bajó las escaleras. Angélica fue directamente a sus brazos para darle un beso. Alex la acercó y la besó profundamente.

Cuando se retiraron, los dos respiraban con dificultad. Alex le dio un apretón y empezó a guiarla hacia la puerta. Después de ayudar a Angélica a entrar en el automóvil, Alex rodeó el coche y se sentó en el asiento del conductor.

—Creo que se me ha abierto el apetito. ¿Qué quieres comer? —le preguntó a Angélica.

—Me da igual. Cualquier cosa me sirve. Tengo mucho en lo que pensar —Angélica se recostó en el asiento y pensó en todo lo que acababa de ocurrir.

Discutieron el problema acerca del señor Clark mientras comían, pero no lograron decidir la mejor manera de manejarlo. Angélica se recostó y miró a Alex.

—Basta de hablar del señor Clark, quiero disfrutar de mi noche contigo —dijo.

Alex sonrió y le tendió la mano.

—No importa lo que estemos haciendo, siempre disfruto de estar contigo —se inclinó sobre la mesa y la besó.

—Mmm —dijo Angélica—. Creo que tomaré más de eso para el postre.

—Vamos —dijo Alex—. Quiero estar solo donde pueda abrazarte.

Angélica sonrió y se levantó de su asiento. Esperó mientras Alex pagaba la cuenta. Salieron del restaurante con el brazo de Alex alrededor de ella, abrazándola con fuerza.

El lunes fue un día ajetreado. Antes de irse a trabajar, Angélica le llevó a Rose la llave de un auto en su cochera. La amiga de Rose, Annie Gates, pasó por allí y, tras hablar con ella, Angélica le ofreció la casa junto a Rose. Iba a estar tres meses de prueba, pero Angélica estaba segura de que estaría bien. Angélica habló con el alcalde, pero aún estaba debatiendo cómo manejar la situación del señor Clark.

La galería estaba muy ocupada con toda la emoción de la boda de Valerie. El día se acercaba rápidamente, y Melanie estaba muy ocupada con los detalles de última hora.

Durante su descanso para comer, Angélica decidió pasar por el banco y hablar con Derrick Bear. No había nadie en el mostrador exterior, así que Angélica llamó a la puerta del despacho de Derrick.

—Adelante —llamó la voz de Derrick desde el interior.

Angélica abrió la puerta y se asomó al interior. Derrick se levantó rápidamente al ver a Angélica en la puerta.

—Angélica, me alegro de verte. ¿Qué puedo hacer por ti? —preguntó.

Angélica le explicó rápidamente lo de Rose y el Sr. Clark. Le contó a Derrick sobre la mudanza de Rose y Annie.

—Sé que tienes un investigador privado trabajando para ti y me preguntaba si podría hacer alguna investigación para mí. Pagaré todos los gastos. Necesito saber todo sobre el Sr. Clark y su familia. Quiero saber quién es el dueño de esas casas y cuánto pedirían por ellas. Angélica dejó de hablar y miró a Derrick inquisitivamente.

Derrick sonrió.

—Veré lo que puedo averiguar —tomó su teléfono y realizó una llamada. Le dio al investigador privado la información que Angélica acababa de darle. Colgó el teléfono y le sonrió a Angélica.

—Deberíamos tener un informe listo hoy o mañana temprano —dijo.

Angélica sonrió. Se levantó y le tendió la mano a Derrick.

—Gracias —dijo.

Derrick le estrechó la mano.

—Si necesitas algo, dímelo. Haré todo lo que pueda para ayudarte.

Angélica volvió a sonreír mientras se dirigía a la galería y al trabajo.

~

Melanie estaba en la galería cuando Angélica entró después de su descanso para comer.

—Hola —dijo Angélica—. ¿Cómo va la boda?

—Todo va viento en popa. Valerie estará aquí el jueves. Tiene su vestido y queremos repasar los detalles de última hora antes del sábado. Marcus llegará el viernes —Melanie hizo una pausa para tomar aire.

—Parece que todo está listo —dijo Angélica, sonriendo.

—Sí, —dijo Melanie. "Si no hay contratiempos de última hora, lo tenemos todo listo".

—¿Va a venir mucha gente? —preguntó Angélica.

—Sí —respondió Melanie—, Marcus ha invitado a muchos amigos y conocidos...

—¿Van a encontrar sitio para alojarse? —preguntó Angélica.

—Marcus ha rentado habitaciones en la pensión para todos los que quieran quedarse a dormir. Algunos de ellos sólo vendrán a pasar el día y se irán temprano para regresar —respondió Melanie.

—Bueno —dijo Angélica—. Si necesitan habitación, yo podría alojar a un par por una noche.

—Es muy amable de tu parte —dijo Melanie, dándole un abrazo—. Si necesitamos ayuda, te lo haré saber. Tengo que volver a ello en cuanto hable con Cindy. Va a ser la dama de honor de Valerie.

Melanie se apresuró a ir a la trastienda en busca de Cindy. Después de hablar con ella, Melanie saludó con la mano mientras salía a toda prisa por la puerta trasera de la galería. Angélica se acercó y comprobó que la puerta trasera estaba cerrada.

Angélica sonrió al pensar en la próxima boda. Marcus y Valerie estaban muy enamorados. Angélica les deseaba lo mejor. Siempre hacía que todos se sintieran bien al ver a alguien tan feliz. Era toda una aventura la que ambos comenzaban juntos.

Angélica pensó en Alex. Se habían hecho muy amigos en poco tiempo. Angélica sabía que estaba enamorada de Alex. Sólo tenía que esperar a que él se diera cuenta de que sentía lo mismo. Podía ser paciente siempre que pudiera pasar mucho tiempo con él.

El Derrick Bear pasó por la galería justo antes de la hora de cierre. Tenía una carpeta para Angélica.

—Esto tiene toda la información que pediste —dijo Derrick, entregándole la carpeta a Angélica—. Si necesitas algo más, sólo tienes que decírmelo.

—Gracias por conseguirme esto —dijo Angélica, tomando la carpeta.

—De nada —dijo Derrick mientras salía de la galería.

Angélica metió los papeles en su bolso y lo guardó para mirarlo más tarde. Cuando llegó a su casa, Angélica se duchó y se refrescó antes de llamar a Alex.

—Hola —dijo Alex distraídamente.

—Hola —dijo Angélica—. Sólo llamaba para decirte que estoy en casa. Puedes volver a llamarme cuando termines.

—Angélica —dijo Alex más alerta—. No cuelgues. Ya casi he terminado. Estaré ahí dentro de una hora, si te parece bien.

—Está muy bien. Nos vemos dentro de una hora.

Angélica colgó el teléfono y recuperó la carpeta del Oso Derrick. Se sirvió un vaso de té y se sentó a la mesa para revisarla.

Primero, estaba la información sobre el señor

Clark. Estaba casado y tenía tres hijos. Las edades de los niños oscilaban entre los ocho y los dieciséis años. Su esposa trabajaba como conserje en la escuela primaria. Era dueño de una modesta casa en una de las subdivisiones más nuevas. El Sr. Clark trabajaba para Sun Properties. Cobraba el alquiler en tres urbanizaciones.

El salario del Sr. Clark era generoso, pero cualquier extra se pagaba con el sueldo de su esposa. La familia era cómoda, pero les costaría mucho salir adelante sin su sueldo. Angélica frunció el ceño. No quería hacerle daño a su familia, pero él tenía que aprender a dejar de acosar a los inquilinos.

Alex colgó el teléfono y se volvió hacia su paciente. Vio que la enfermera y los internos le sonreían. Incluso la paciente tenía una sonrisa en la cara. Alex ignoró a la enfermera y a los internos, y le sonrió a la paciente.

—Está usted muy bien, señora Baxter. Debería poder irse a casa mañana. Le dejaré a la enfermera una orden para un relajante y la veré por la mañana —tranquilizó Alex a su paciente. Era una señora mayor y él era muy amable con ella.

—Gracias, Dr. Steele. Le veré por la mañana. Disfrute de la noche con su chica —respondió la señora Baxter.

—Gracias. Lo haré —dijo Alex.

Le dedicó una sonrisa a su paciente y salió de la habitación. La enfermera y los internos le siguieron. Alex le entregó a la enfermera el historial con las nuevas órdenes y, dando las buenas noches a los internos, se dirigió a su despacho. En su despacho, se cambió rápidamente el abrigo, comprobó que tenía todo en orden y, tras cerrar la puerta del despacho, se dirigió al aparcamiento y a su automóvil.

Angélica era muy importante para él. Se preguntó cuánto tiempo debería esperar antes de decirle que estaba enamorado de ella. Estaba decidido a pedirle matrimonio muy pronto, pero no quería apresurarse y arriesgarse a que lo rechazara.

Alex llegó a su casa. Se apresuró a entrar, se dio una ducha rápida, se vistió y se dirigió a casa de Angélica. Estaba impaciente por verla y tenerla de nuevo entre sus brazos.

Angélica le abrió la puerta a Alex y fue directamente a sus brazos. Levantó la cara para darle un beso de bienvenida. Alex la acercó e intensificó el beso. Cuando Alex se retiró y la miró a la cara, ambos se sonrieron.

—Te he echado de menos —dijo Alex.

—Yo también te he echado de menos —coincidió Angélica—. Nos acabamos de ver anoche.

—Lo sé —coincidió Alex—. Cada minuto lejos de ti es como una vida. Te amo.

—Yo también te amo —dijo Angélica, mirándolo a los ojos.

—No quiero presionarte —dijo Alex.

—No me estás apurando —dijo Angélica—. Me estaba impacientando y me preguntaba si tenías los mismos sentimientos que yo.

—Eres la persona más importante del mundo para mí. Te adoro —susurró Alex.

—Oh, Alex —susurró Angélica. Se acercó para darle otro beso.

Cuando salieron a tomar aire, Angélica llevó a

Alex a la cocina. Tenía la comida preparada y la mesa puesta de forma atractiva. Le dijo a Alex que tomara asiento mientras ella preparaba sus bebidas de té helado.

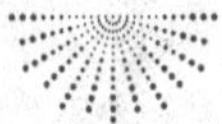

# CAPÍTULO TRECE

—¿Qué es esto? —preguntó Alex, señalando la carpeta con información que había al final de la mesa.

—Es información que Derrick Bear recopiló para mí sobre el señor Clark y la urbanización. Le pedí que viera lo que podía averiguar —dijo Angélica.

—¿Hay algo interesante? —preguntó Alex.

—Acabo de empezar a leerlo. Lo dejé a un lado para preparar la cena. He pensado que podríamos echarle un vistazo juntos después de comer —dijo Angélica.

—De acuerdo —aceptó Alex—. Esta comida está deliciosa. Gracias por cocinar. Aunque no era necesario. Podríamos haber salido.

—Lo sé. Me apetecía quedarme en casa. No quería compartirte con nadie más esta noche —Angéelica se acercó y apretó la mano de Alex.

Alex le devolvió el apretón y sonrió. Se inclinó para darle un beso rápido antes de volver a comer. Sin embargo, no le soltó la mano.

Cuando terminaron de comer, Alex ayudó a Angélica a recoger la mesa y a cargar el lavavajillas.

Volvieron a la mesa para revisar los papeles del Oso Derrick. Angélica le entregó a Alex el perfil del señor Clark.

Alex frunció el ceño mientras leía sobre la familia del señor Clark.

—Creo que he tenido a la señora Clark como paciente. Tuvo una quemadura química accidental en el trabajo. No fue muy grave. Fue tratada y enviada a casa. Parecía una buena señora. Odio cómo la trata su marido.

—Yo también lo odio. Debería haber una forma de detenerlo sin herir a su familia —dijo Angélica.

Sacaron los otros papeles. Eran sobre las propiedades de alquiler. Las propiedades estaban a punto de ser condenadas porque estaban en muy mal estado. El departamento de sanidad había decidido que eran un peligro para la salud. El ayuntamiento estaba estudiando la situación.

—¿Qué sucederá con todas esas familias si las propiedades son condenadas?

—El ayuntamiento las desalojará. Puede que les ofrezca un alojamiento alternativo, pero la mayoría de las familias no podrán pagar las rentas más altas —dijo Alex.

—Probablemente podría comprar la propiedad por casi nada. Podría mejorar las casas de una en una y trasladar a las familias a las mejoradas antes de empezar con las que están vacías. ¿Cree que no soy realista al pensar en emprender este proyecto? —preguntó Angélica.

—No, creo que es una idea muy factible. Hay algunos contratistas en la reserva. Su trabajo ha sido lento. Harían un buen trabajo y vigilarían al señor Clark. Tienes que hablar con alguien de la ciudad y ver si apoyan el proyecto. No querrás que te condenen antes de empezar —dijo Alex.

—Llamaré a Derrick mañana y le pediré que trate con la ciudad. En cuanto me dé el visto bueno, hablaré con Luna Andante y le pediré que me recomiende algunos contratistas —Angélica se detuvo un momento.

Alex seguía mirando los papeles. Parecía asustado al leer los nombres de los propietarios.

—Conozco a uno de los propietarios. Le llamaré mañana y le consultaré sobre la posibilidad de venderte la propiedad. Deberían estar dispuestos a vender a un precio mínimo. Después de todo, están a punto de ser condenados —concluyó Alex con tristeza.

—Gracias —dijo Angélica—. No te importa que lo haga, ¿verdad? Después de todo, ya que nosotros estamos juntos, también será tu dolor de cabeza.

Alex la rodeó con un brazo y la acercó hacia sí.

—Te amo. Me encanta que intentes mejorar las cosas para tanta gente. Estaré a tu lado en todo momento. Cualquier cosa que necesites de mí, haré todo lo posible por proporcionarte lo que necesites.

Angélica apartó los papeles y se puso de pie. Se sentó en el regazo de Alex y lo rodeó con sus brazos.

—Vamos a ser los dos hasta el final. Sin ti, la vida no tendría sentido. Sin ti, no tendría alegría en esta nueva vida que se me ha dado. Creo que fui enviada a ti porque estamos destinados a estar juntos. Te amo. Eres mi otra mitad.

Angélica y Alex se unieron en un apasionado beso. Después de unos minutos, salieron a tomar aire.

—Angélica —dijo Alex—. ¿Quieres casarte conmigo?

—Sí —dijo Angélica.

Alex se metió la mano en el bolsillo y sacó una caja de anillos. La abrió y sacó un hermoso anillo de zafiro estrellado. Luego, tomó la mano de Angélica y le colocó el anillo en el dedo.

—¡Oh! —exclamó Angélica—. Es precioso. ¿Cuándo lo conseguiste?

—Lo conseguí un par de días después de que llegaras del pasado. Sabía que estábamos destinados a estar juntos y quería estar preparado.

Angélica se hundió en sus brazos para recibir otro beso.

—Luna Andante va a ser feliz. Todas sus predicciones se están cumpliendo —dijo Alex.

—No me importa. Amo a Luna Andante y me encanta que vaya a ser mi abuela —dijo Angélica.

Angélica se recostó y cerró los ojos.

*Luna Andante*, pensó para sí misma. *Alex acaba de pedirme que me case con él, y he dicho que sí.*

*Bien*, respondió Luna Andante. *Dile que me alegro de que demuestre tanta sensatez. Bienvenida a la familia, Pequeña Flor.*

Angélica abrió los ojos y le sonrió a Alex.

—Luna Andante me dijo que te dijera que está feliz de que estés mostrando tan buen sentido. También me dio la bienvenida a la familia.

Alex la miró con los ojos muy abiertos.

—¿Puedes hablar con Luna Andante?

Angélica asintió.

—Sí, me dijo que practicara y que también podría hablar contigo.

Alex sonrió.

—Practicaremos. Creo que me encantará poder escucharte sin que los demás te oigan.

—Suena divertido. Nadie sabrá que estamos hablando entre nosotros —rio Angélica suavemente.

—Por mucho que odie dejarte ir, los dos tenemos que trabajar mañana —Alex la abrazó con fuerza y la besó de nuevo.

Cuando el beso terminó, Angélica se levantó y tiró de la mano de Alex.

—No me importa si tenemos que trabajar mañana. No estoy lista para que esta noche termine. Le condujo hacia el salón y el sofá. Se sentó y le indicó a Alex que se uniera a ella.

Alex se sentó detrás de ella y la acercó hacia su torso. Se recostó en los cojines y la estrechó entre sus brazos. Apoyó la barbilla en la parte superior de su cabeza y saboreó la sensación de tenerla entre sus brazos.

Angélica se acurrucó en los brazos de Alex y apoyó su cara en su pecho. Podía oír los latidos de su corazón. Parecía latir un poco rápido.

*Te amo*, pensó.

*Yo también te amo*, respondió Alex en su mente.

Angélica miró a Alex y sonrió.

—Lo hicimos —dijo.

—¿Hicimos qué? —preguntó Alex.

—Hablamos en nuestras mentes —dijo Angélica.

Alex pareció asustado y, luego, sonrió.

—No me había dado cuenta de que no hablábamos en voz alta.

Angélica recostó la cabeza en su pecho y se acurrucó.

—Sabía que éramos perfectos juntos —dijo.

Alex sonrió.

—Sí, somos una pareja perfecta.

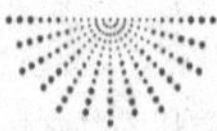

ngélica llamó a Derrick Bear antes de entrar a trabajar. Tenía su número de teléfono móvil gracias a la tarjeta que él había adjuntado a sus documentos bancarios. Le habló de la propiedad que estaba a punto de ser condenada. Le preguntó si podía hablar con alguien del departamento municipal y tantear la posibilidad de que ella comprara la propiedad y la arreglara. Derrick le aseguró que haría algunas llamadas y se pondría en contacto con ella. Ella le agradeció su ayuda y se apresuró a ponerse a trabajar.

Alex llamó al hombre cuyo nombre reconoció en el informe. Cuando empezaron a hablar de la propiedad, el hombre habló de ponerle un precio mayor a la propiedad. Alex le recordó que la propiedad estaba pendiente de ser condenada. También le habló de la buena publicidad que obtendrían al entregar la propiedad a la Fundación Black. Le explicó las renovaciones y la posibilidad de ayudar a la gente a conservar sus viviendas a precios asequibles. El hombre estuvo de acuerdo. Dijo que hablaría con los otros propietarios, pero que estaba seguro de que aceptarían ceder la propiedad a la Fundación Black. La fundación probablemente sólo tendría que pagar los gastos de cierre, los honorarios de los abogados y los impuestos sobre la propiedad. Alex le dio las gracias y colgó el teléfono.

Angélica acababa de entrar en la galería cuando recibió la llamada de Alex.

—Hola, Alex. ¿Te he dicho lo mucho que me ha gustado despertarme en tus brazos esta mañana? —dijo Angélica.

—Creo que lo mencionaste una o dos veces —sonrió Alex—. Acabo de hablar por teléfono con uno de los propietarios. Tiene que hablar con sus socios, pero cree que puede conseguir que acepten entregar la propiedad a la fundación Black para el pago de todos los gastos de cierre, los honorarios de los abogados y los impuestos de la propiedad.

—¡Oh, Alex, esto va a suceder de verdad! —exclamó Angélica.

—Eso parece —dijo Alex—. ¿Hablaste con Derrick?

—Sí, va a hablar con alguien y se pondrá en contacto conmigo —dijo Angélica.

—Te veré después del trabajo. Te amo —dijo Alex.

—Yo también te amo —coincidió Angélica.

—¿A qué viene tanto alboroto? —preguntó Cindy saliendo de la trastienda.

Angélica le explicó sobre la propiedad y sus planes. Mientras hablaba, movía las manos con entusiasmo. La mirada de Cindy se centró en el anillo que llevaba en el dedo.

—Me parece estupendo ayudar a todas esas

familias, pero ¿es eso lo que creo que llevas en el dedo? —preguntó.

Angélica sonrió y mostró su anillo a Cindy.

—Sí, Alex y yo estamos comprometidos. Me lo pidió anoche y le dije que sí —dijo Angélica.

—¡Es hermoso! Enhorabuena —dijo Cindy. Le dio un abrazo a Angélica—. Les deseo todo lo mejor a los dos.

—Gracias —respondió Angélica.

Cindy y Angélica se volvieron hacia la puerta cuando entró Melanie, seguida de Valerie y Frank. Cindy les llamó la atención sobre el anillo de Angélica y hubo muchos *oh*, *ahh*, abrazos y felicitaciones por doquier.

Angélica les habló del proyecto de viviendas. Se alegraron de que alguien intentara ayudar a las personas que luchan por sobrevivir.

—No nos vas a dejar, ¿verdad? —preguntó Melanie—. Me gusta mucho tenerte cerca y has sido un gran éxito con los clientes.

—No —dijo Angélica—. Me encanta trabajar aquí. Cuando las cosas se pongan en marcha, puede que tenga que tomarme tiempo libre a veces para ocuparme de las cosas, pero pienso contratar a gente competente para que se ocupe de las cosas por mí.

—Bien —dijo Melanie—. Ahora tenemos que abrir la galería y Valerie y yo tenemos que ponernos a trabajar en la boda.

Ella, Valerie y Frank entraron en el despacho de Frank después de felicitar y abrazar a Angélica una vez más.

—Yo también necesito ponerme a trabajar —dijo Cindy.

Se dirigió a la sala de atrás. Angélica fue a la parte

delantera para abrir la galería y prepararse para los clientes.

Angélica estaba prácticamente flotando en el aire. Estaba muy contenta. El proyecto de vivienda estaba saliendo adelante y ella estaba tan enamorada de Alex. Los clientes le sonreían tanto que empezaron a sonreírle a ella. Todos parecían estar más contentos cuando salían de la galería. Las ventas habían aumentado notablemente.

Derrick llamó durante la pausa del almuerzo. Confirmó que la ciudad estaba dispuesta a aceptar todo lo que la Fundación Black quisiera hacer. Incluso les darían el estatus de exención de impuestos hasta que las renovaciones estuvieran completas. Una vez terminadas las renovaciones, la propiedad tendría una tasa impositiva reducida durante los próximos diez años.

—Vaya —dijo Angélica—. Pondré a mis abogados a trabajar en el proyecto hoy mismo. Alex ha hablado con uno de los propietarios y probablemente pueda conseguir la propiedad por el coste de cierre, los honorarios del abogado y los impuestos.

—Genial —respondió Derrick—. Si hay alguna manera en que pueda ayudar, sólo hágamelo saber.

—Lo haré. Muchas gracias por todo lo que has hecho. En cuanto cierre la propiedad, hablaré con Luna Andante para que contrate a algunos contratistas nativos para las reformas, —dijo Angélica.

—Hay buenos contratistas en la reserva. Estarán encantados con el trabajo y lo harán bien, —dijo Derrick.

—Sí, Alex me habló de ellos. Gracias por llamar, Derrick. Estaré en contacto. Tengo que volver al trabajo. Estoy trabajando extra para ayudar a Melanie mientras prepara la boda de Valerie.

—De acuerdo, hazme saber si hay algo más en lo que pueda ayudar —dijo Derrick.

—Lo haré —respondió Angélica mientras colgaba el teléfono.

Angélica llamó a Alex y le puso al corriente de su conversación con Derrick.

—Genial —dijo Alex—. El dueño con el que hablé sobre la propiedad acaba de llamarme. Dijo que los otros propietarios estaban dispuestos a aceptar el trato. Así que todo está funcionando.

—Llamaré a los abogados de la fundación y los pondré a trabajar en todo. Deberíamos tenerlo todo resuelto a principios de la semana que viene. Tendremos este fin de semana libre para ir a la boda de Valerie y Marcus —dijo Angélica.

—Sí —coincidió Alex—. Entonces podremos empezar a trabajar en nuestra boda. No quiero un compromiso largo. Te echo de menos cuando no puedo tocarte.

—Yo tampoco quiero un compromiso largo —respondió Angélica—. Yo también quiero que estemos juntos. Después de todo, el universo me envió a ti. ¿Quiénes somos nosotros para discutir con el universo cuando decide que es el tiempo del amor?

Alex sonrió.

—Nunca discutiría con el universo, especialmente cuando el universo me envía mi corazón.

—¡Oh, Alex! —exclamó Angélica con lágrimas en los ojos—. Será mejor que vuelva al trabajo antes de que me hagas llorar. Te amo. Te veré después del trabajo.

—Adiós, amor —dijo Alex.

Ambos colgaron sus teléfonos y volvieron al trabajo.

Melanie llegó a la hora de cerrar. Le dijo a Angélica que habían decidido cerrar la galería hasta el lunes para poder concentrarse en la boda. Tenía un cartel para poner en el escaparate. Decía: "Cerrado por la boda de Valerie. Abierto el lunes, en horario normal". Tomó el cartel y lo colocó en la vidriera.

—¿Necesitas que te ayude en algo? —preguntó Angélica.

—No, todo está en orden. Sólo tienes que presentarte en la iglesia el sábado a las dos —respondió Melanie.

—Allí estaré —sonrió Angélica mientras recogía su bolso y se preparaba para salir.

Ella y Melanie salieron por la puerta trasera. Melanie cerró detrás de ellas y se dirigieron a sus autos por separado.

Angélica sacó su teléfono para llamar a Alex.

—Hola —dijo cuando él contestó—. Melanie acaba de poner un cartel en el escaparate diciendo que estamos cerrados hasta el lunes.

—Genial, veré si puedo conseguir a alguien que me cubra mañana. Me encantaría tener todo el fin de semana contigo —respondió Alex.

—Eso sería genial —dijo Angélica.

—Veré lo que puedo hacer y nos vemos en tu casa en cuanto pueda —dijo Alex.

—De acuerdo —aceptó Angélica—. Te amo.

—Yo también te amo —dijo Alex. Colgó el teléfono y fue en busca de alguien que le cubriera al día siguiente.

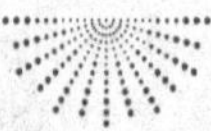

ngélica se detuvo a hablar con Luna Andante de camino a casa. La encontró en su casa. No era habitual encontrarla en casa. Casi siempre estaba fuera. Se saludaron con un abrazo. Luna Andante la invitó a entrar y le ofreció un té helado.

—Me encantaría tomar un té helado —dijo Angélica.

Esperó a que Luna Andante llevara dos vasos a la sala de estar, y se sentó. Puso a Luna Andante al día sobre el acuerdo de la propiedad y sobre la necesidad de los contratistas nativos.

Luna Andante asintió con la cabeza.

—Ayer estuve hablando con Alce Parado. Me dijo que la construcción es lenta en este momento. Le dije que no se preocupara, que el trabajo iba a llegar. Parecía tranquilo —dijo Luna Andante.

—Alce Parado, ¿es pariente de Alce Risueño? —preguntó Angélica.

—Sí, es su tío. Alce Risueño trabaja para él —respondió Luna Andante.

—Alce Risueño es quien me llamó la atención sobre el problema que tenía Rose. Intentaba ayudarla a ella y a sus hijos. Creo que se siente cercano a su hijo —dijo Angélica.

—Es bueno que ambos se ayuden mutuamente. Alce Risueño echa de menos a su hijo, ya que ha empezado en la universidad, y Cole echa de menos a su padre —dijo Luna Andante.

Angélica asintió con la cabeza.

—Tengo que llegar a casa y empezar a cenar —dijo Angélica—. Nos vemos el sábado. Vas a ir a la boda con nosotros, ¿verdad?

—Sí, gracias, me encantaría que me llevaran —dijo Luna Andante.

Angélica le dio un abrazo a Luna Andante.

—Me alegro de que vayas a ser mi abuela. Siempre he sentido que eras mi familia —Angélica le dio otro abrazo a Luna Andante y empezó a marcharse.

Luna Andante se acercó y tomó su mano.

—Pequeña Flor, he sabido desde que eras un bebé que siempre serías muy importante para mí y mi familia. Me alegro de que tú y mi nieto lo hagan oficial —Luna Andante la abrazó y, luego, se quedó mirando cómo Angélica se alejaba.

Cuando Angélica llegó a casa, se duchó y fue a ver qué tenía para cenar. Acababa de empezar a buscar cuando sonó el timbre de la puerta. Angélica cerró la nevera y fue a abrir la puerta.

Le abrió la puerta a Alex. Se inclinó y la besó, pero fue un beso breve porque tenía las manos llenas de cajas de comida.

—¿Qué es todo esto? —preguntó Angélica con una sonrisa.

—Esto es la cena. No quería salir y no quiero perder el tiempo viéndote cocinar. Eres hermosa cuando cocinas, pero tengo otras cosas en mente para la noche. Quiero tenerte en mis brazos, así que dirígete al comedor —dijo Alex.

Angélica rio, encantada, y se dio la vuelta para ir al comedor. Alex la siguió de cerca. Apiló las cajas en la mesa y se volvió hacia Angélica. La estrechó entre sus brazos y la saludó adecuadamente.

—Hola, cariño —dijo, sin dejar de abrazarla.

—Me gusta tu forma de decir "hola" —dijo Angélica—. ¿Qué clase de comida has traído? Estoy hambrienta y huele muy bien.

—He traído comida china. Espero que te guste. Debería haberte llamado antes para preguntar, pero pasaba por el lugar y me detuve por impulso —respondió Alex.

—Si sabe tan bien como huele, me va a encantar —afirmó Angélica.

Angélica sacó platos y tenedores. Mientras Alex ponía la comida en los platos, Angélica llevó a la mesa la jarra de té helado y dos vasos. Se sentaron y comieron.

—Mmm, esto está bueno —dijo Angélica—. Puedes comprar compulsivamente por mí cuando quieras —le sonrió cariñosamente a Alex y siguió disfrutando de su comida.

Cuando terminaron y guardaron las sobras, Alex atrajo a Angélica hacia sus brazos.

—Quiero un saludo de verdad —dijo, y procedió a besarla apasionadamente.

Angélica cooperó plenamente. Cuando por fin se apartaron un poco para respirar, Angélica apoyó la cara en su pecho.

—Hola —dijo ella—. ¿Quieres salir y volver a entrar para que nos saludemos de nuevo?

Alex se rio.

—¿Por qué no volvemos a decir 'hola' sin que tenga que quitar mis brazos de tu alrededor?

—De acuerdo —aceptó Angélica.

Pasaron los siguientes minutos diciendo un "hola" muy apasionado.

Cuando pararon para respirar, Alex la llevó al sofá. Tras sentarse, la miró a los ojos.

—¿Cuándo podremos casarnos? —le preguntó.

—No lo sé —dijo Angélica—. Tenemos la boda de Valerie y Marcus este fin de semana. ¿Nos casamos en la reserva o en la iglesia?—Podemos hacer lo que quieras, o las dos cosas si quieres —dijo Alex—. Derrick Bear es un ministro ordenado. También es juez de paz. Así que, si queremos celebrar nuestra ceremonia en la reserva, podemos hacer que él la presida, y será legal en ambas culturas.

—Eso suena maravilloso. ¿Qué tal dentro de dos semanas a partir del sábado? Podemos consultar con Derrick 'y asegurarnos de que no tiene ningún conflicto. Podemos tener tiempo libre para una luna de miel, y yo tendré tiempo para poner en marcha mi proyecto. También tengo que comprar un vestido —dijo Angélica, haciendo una pausa para respirar.

—Empezaré con los preparativos por la mañana. Estoy deseando que estemos juntos —dijo Alex.

—¿Dónde vamos a vivir? —preguntó Angélica.

—He pensado que podríamos vivir aquí. Podemos poner mi casa en venta o encontrar a alguien que la necesite y dejarle vivir allí sin pagar la renta. Tendrían que pagar los servicios y yo podría vigilar el lugar —dijo Alex.

—¡Oh, Alex, qué idea tan maravillosa! —exclamó ella—. Sé que a los internos les cuesta encontrar vivienda cuando empiezan, y está cerca del hospital, pero tendrías un trayecto más largo de ida y vuelta al trabajo.

—Mientras sepa que estarás aquí para volver a casa, el trayecto no tiene importancia. Te quiero. No puedo esperar a tenerte y que seas mía —dijo Alex.

Pasó un buen rato antes de que siguieran hablando.


El sábado amaneció como un hermoso día. Alex y Angélica pasaron a recoger a Luna Andante. Juntos, se dirigieron a la iglesia.

—Hola, Luna Andante, —dijo Angélica—. ¿Cómo estás?

—Hola, Pequeña Flor —respondió Luna Andante—. Estoy bien. Estoy deseando que se unan tú y Lobo Corredor. ¿Necesitas ayuda para prepararte?

—Me encantaría tener tu ayuda. Después de todo, ahora eres mi abuela —dijo Angélica.

Luna Andante sonrió con satisfacción. Alex y Angélica se sonrieron mientras sus manos se juntaban.

Entraron en la iglesia y fueron acompañados a sus asientos. Ya había mucha gente. Angélica sonrió y saludó con la cabeza a los que conocía. Había un grupo de personas que no conocía. Vio a la madre de Marcus en el grupo, así que pensó que eran amigos y familiares de Marcus.

Tomaron asiento y esperaron a que comenzara la boda. El predicador apareció al frente y, luego, Marcus y su padrino salieron para colocarse al lado del sacerdote. La música comenzó, y se volvieron para ver a Cindy caminar hacia el frente. A continuación, apareció otra dama de honor escoltada por un padrino. La música cambió y, entonces, apareció Valerie, escoltada por su padre. Todos se pusieron de pie mientras la resplandeciente novia era conducida al frente por su padre. Frank besó la mejilla de su hija y puso su mano en la de Marcus. Luego, tomó asiento junto a Melanie.

El sacerdote repasó los votos, obteniendo las respuestas adecuadas, de Valerie y Marcus. Pronto terminó, y la pareja confirmó sus votos con un beso. El sacerdote los presentó como el Sr. y la Sra. Marcus Drake. Todo el mundo se puso en pie mientras Marcus y Valerie caminaban por el pasillo. Les siguieron Cindy, el padrino, la dama de honor y su acompañante. Todos los demás les siguieron. Llegaron al exterior y vieron a Valerie y a Marcus saliendo en una limusina para ir al club de campo para la recepción. Todos se amontonaron en sus coches y los siguieron.

En el club de campo les presentaron a las familias Grey y Jenkins. Resultó que la dama de honor de Valerie era Malinda Grey, y su acompañante era su marido Daniel. Valerie y Mallie se habían hecho amigas.

Valerie y Mallie, cada una con su marido, se acercaron a hablar con Luna Andante. Valerie le dio las gracias por venir y le dio un abrazo. Valerie se dirigió a Marcus.

—¿Por qué no esperan aquí con Alex mientras las chicas buscamos el baño de mujeres? —preguntó Valerie. Después de recibir un asentimiento de los chicos, Valerie dirigió el camino hacia el baño de damas.

Las chicas se dirigieron a los espejos y

comenzaron a revisar su maquillaje. Luna Andante tomó asiento en el gran sofá.

—Ha sido una boda preciosa —dijo Angélica.

—Sí —coincidió Luna Andante—. Las cosas son como deben ser. Todos ustedes están unidos con sus compañeros predestinados.

—Sí —coincidió Mallie—. La mayoría de la gente no cree cuando se entera de que Daniel y yo nos conocimos mientras estábamos en coma.

—Lo sé —coincidió Valerie—. La mayoría de la gente piensa que estoy bromeando cuando menciono que Marcus y yo nos conocimos en un sueño.

—Bueno —dijo Angélica—. Yo tengo una historia aún más extraña. Me enviaron veinte años al futuro para estar con el amor de mi vida.

—Son ustedes muy afortunados. El universo os juntó con vuestras parejas adecuadas. Agradeced siempre la intervención del destino —dijo Luna Andante.

—Estamos muy agradecidas —coincidieron las tres chicas, sonriéndole a Luna Andante.

—Será mejor que volvamos antes de que tres hombres impacientes vengan a buscarnos, —dijo Mallie.

Se dirigieron hacia la puerta y las tres se detuvieron y sonrieron. Allí, de pie junto a la pared, estaban Marcus, Daniel y Alex. Cada una de las damas cayó en los brazos de su respectivo compañero. Mirándose a los ojos se besaron.

—Es como debe ser —dijo Luna Andante—. Este es el tiempo del amor.

**FIN**

Querido lector,

Esperamos que hayas disfrutado leyendo *Tiempo del Amor*. Tómese un momento para dejar una reseña, incluso si es breve. Tu opinión es importante para nosotros.

Atentamente,

Betty McLain y el equipo de Next Chapter

# ACERCA DEL AUTORA

Con cinco hijos, diez nietos y seis bisnietos, tengo una vida muy ocupada, pero la lectura y la escritura siempre han sido una parte muy importante y agradable de mi vida. Escribo desde que era muy joven. Mantenía cuadernos con mis historias en privado. No los compartía con nadie. Todas estaban escritas a mano porque no sabía escribir a máquina. Vivíamos en el campo y tenía que escribir casi todo por la noche. Mis días estaban ocupados ayudando a mis hermanos y hermana. También ayudaba a mamá con el jardín y a enlatar comida para nuestra familia. Aunque estaba cansada, me las arreglaba para escribir mis pensamientos por la noche.

Cuando me casé y empecé a educar a mi familia, seguí escribiendo mis historias mientras ayudaba a mis hijos en la escuela y con sus propias vidas y familias. Mi hermana era la única que leía mis historias. Me animaba mucho. Cuando mi hija menor empezó la universidad, decidí ir yo también a la universidad. Había cursado el GED en una fecha anterior y solo tuve que tomar una clase para aprobar las pruebas de acceso a la universidad. Aprobé con éxito e incluso conseguí una beca parcial. Tomé clases de informática para aprender mecanografía. Las clases de inglés y literatura me ayudaron a pulir mis historias.

Descubrí que hablar en público no era para mí. Me sentía mucho más cómoda con la palabra escrita, pero investigar y escribir los discursos me resultaba útil. Podía utilizar la información para construir una historia. Aun así, me las arreglé para darle mi propio giro a los ensayos.

Terminé la universidad con un título de asociado y un promedio de 3,4. Recibí varios premios, como la lista de presidentes, la lista de decanos y la lista de profesores. La experiencia escolar me ayudó a ganar más confianza en mi escritura. Quiero agradecer a mi profesora de inglés en la universidad que me diera más confianza en mi escritura al decirme que tenía una buena imaginación. Me dijo que contaba una historia interesante. Mi hija, que es muy buena escritora y tiene sus propios libros publicados, me convenció para que publicara algunas de mis historias. Ella los autopublicó por mí. La primera vez que tuve uno de mis libros en las manos y miré mi nombre como autora, me sentí muy orgullosa. Fueron muy bien recibidos. Esto fue suficiente estímulo para convencerme de seguir escribiendo y publicando. Desde entonces, he ido creando mi biblioteca de libros escritos por Betty McLain. También escribí e ilustré varios libros para niños.

Poder mecanografiar mis historias me abrió todo un mundo nuevo. Tener acceso a un ordenador me ayudó a buscar todo lo que necesitaba saber y amplió mi capacidad para seguir escribiendo mis libros. Unirme a Facebook y hacer amigos en todo el mundo amplió mi perspectiva considerablemente. Pude entender muchos estilos de vida diferentes e incorporarlos a mis ideas.

He oído el dicho de que hay que tener cuidado con lo que se dice y no hacer enfadar al escritor, porque se puede acabar eliminando un libro. Es cierto. Toda la vida está ahí para estimular tu imaginación. Es divertido sentarse y pensar en cómo se puede cambiar un pensamiento para desarrollar una historia, y ver cómo la historia se desarrolla y cobra vida en tu mente. Cuando empiezo, las historias casi se escriben solas, sólo tengo que anotar todo lo que pienso antes de que desaparezca.

Me encanta saber que las historias que he escrito son leídas y disfrutadas por otros. Es impresionante mirar los libros y pensar que yo escribí eso.

Espero seguir publicando mis historias durante muchos años más y espero que la gente que lea mis libros también lo haga.

Tiempo Del Amor
ISBN: 978-4-82410-721-3
Edición en rústica

Publicado por
Next Chapter
1-60-20 Minami-Otsuka
170-0005 Toshima-Ku, Tokyo
+818035793528

22 septiembre 2021

9 784824 107213